Innamorata dei suoi cowboy

Cowboys Online Italiano, Volume 3

Jan Springer

Published by Spunky Girl Publishing, 2025.

INNAMORATA DEI SUOI COWBOY

First edition. January 3, 2025.

Copyright © 2025 Jan Springer.

ISBN: 978-1990658426

Written by Jan Springer.

Also by Jan Springer

Club Rendezvous
Shy Girl

Cowboys Online
Her Forever Cowboys
Rescued by Her Cowboys

Cowboys Online Italiano
Tre Cowboy per Natale
Innamorata dei suoi cowboy

Cowboys Online : Moose Ranch
Cowboys for Christmas
Cowboys In Her Pocket
Loving Her Cowboys
Cowboys in Her Heart
Always Her Cowboys
Claiming Her Cowboys

Intimate Secrets
Intimate Lover
Intimate Kisses
Intimate Stranger

Kidnap Fantasies
Jade's Fantasy
Zero To Sexy
Christmas Lovers

Pleasure Bound
A Hero's Welcome
A Hero Escapes
A Hero Betrayed
A Hero's Kiss
A Hero Wanted
Captive Heroes

Pleasure Bound Boxed Set
Pleasure Bound : COMPLETE SERIES SciFi Erotic Romance Boxed
Set

Tentacles Shifter Erotic Romance
Taken by Him

The Desperadoes
The Pleasure Girl
In Her Bed
Awakening Eve

The Key Club
A Merry Menage Christmas
Sophie's Menage
Jewel's Menage
Jaxie's Menage

The Outlaw Lovers
Jude Outlaw
The Claiming
Colter's Revenge
Tyler's Woman
Resistance
The Outlaw Lovers
Alpha Outlaws Boxed Set

Vampira
Sweet Heat
Dark Heat
Wet Heat
Crimson Heat

Standalone
A Touch of Menage
Shades of Menage Boxed Set
Naughty Girl Desires Boxed Set
Nice Girl Naughty
Sinderella Sexy
The Biker and The Bride
The Fire Within
Bared to Him
Pleasure Bound : A Futuristic Adult Romance Boxed Set
Merry Menage Kisses Boxed Set
Inner Girl Rising
Stripped Naked
Risqué Girl Delights Boxed Set
A Holiday Menage
Ménage À Trois
A Hitman for Hannah
Billionaire Boyfriend
Edible Delights
Vampira
Toygasm
The Dark Side

Watch for more at www.janspringer.com.

Innamorata dei suoi cowboy

Cowboys Online 3
Moose Ranch
Jan Springer

Dopo aver trascorso dieci anni in un carcere di massima sicurezza, Jennifer Jane (JJ) Watson ottiene la libertà condizionale e un lavoro di governante in un ranch canadese lontano da tutto, al servizio di tre dei cowboy più sexy che abbia mai incontrato. Una donna single da poco fuori di prigione non dovrebbe intrattenersi in ménages bollenti con tre uomini sexy come il peccato. Ma l'amore di JJ per i suoi cowboy continua a crescere e lei si arrende alla forza della passione che prova per ciascuno di loro.

La passione la divora ogni volta che è tra le braccia dei tre ragazzi. Ma la profonda inquietudine di JJ esplode e lei è davvero intenzionata a recuperare il tempo perduto cercando di realizzare i suoi sogni. C'è solo un piccolo problema: JJ non ha rivelato ai suoi cowboy che cosa fa mentre loro sono lontani ad occuparsi del bestiame. E lei sa che quando scopriranno il suo segreto, gliela faranno pagare cara.

I giovani allevatori Rafe, Dan e Brady hanno trovato la donna che li completa. Lei è capace di rendere il loro ranch fuori dal mondo una vera casa. JJ è vulnerabile, dolce e disposta a condividere il letto con tutti e tre. Ma quando scoprono il suo segreto, ne restano sconvolti, furiosi, e pensano che sia giunto il momento di punirla in maniera memorabile e... perversa.

Series: Un racconto della serie Cowboys Online ~ 1. Tre Cowboy per Natale (Moose Ranch #1), 2. Tre Cowboy Tutti Per Lei (Moose Ranch #2), 3. Innamorata Dei Suoi Cowboy (Moose Ranch #3) 4. I Cowboy del suo Cuore (Moose Ranch #4) 5.Per sempre i suoi cowboy (Moose Ranch #5) 6. Tre cowboy suoi per sempre (Snowy Creek Ranch #1)

Note

1.

"JJ ha qualcosa," mormorò Dan mentre tutti e tre imballavano i rimorchi dei quad nel capannone dei veicoli.

"Si comporta in modo diverso ultimamente," ne convenne Brady.

"E' più felice," commentò Rafe agganciando il rimorchio al suo veicolo.

"Sì, più felice," concordò Dan. Era proprio così, sembrava più allegra. Dalla primavera, da quando era ripiombato nella sua vita il suo fratellastro, JJ era diventata più timorosa perché lui l'aveva prima pedinata e poi rapita. Erano stati fortunati che le cose non fossero andate peggio di come erano andate.

Dan rabbrividì involontariamente mentre un accesso di rabbia lo coglieva. L'incidente era stato troppo spaventoso per tutti loro. Quello scampato pericolo aveva reso tutti e tre più protettivi nei confronti di JJ.

Dan si impose di scacciare gli orribili ricordi di quella notte da incubo e di concentrarsi sul lavoro che c'era da fare, quindi gettò rapidamente lo zaino accanto ai due frigoriferi portatili a prova di orso nel rimorchio agganciato al proprio quad.

Si stavano dirigendo verso i pascoli di collina per spostare molte delle vacche attraverso le foreste fino ai pascoli settentrionali più freschi. Quei prati erano più vicini alla ferrovia e quando fosse arrivato ottobre e il momento dell'ultimo viaggio, le vacche pronte per la macellazione sarebbero state più vicine ai mezzi di trasporto e pronte a partire.

I ragazzi avevano calcolato che quel particolare viaggio, che avrebbe avuto inizio quella mattina, sarebbe durato tre giorni e loro non erano mai stati così a lungo lontani da JJ.

Nel corso delle ultime settimane di agosto, avevano lavorato sodo con la fienagione e spostato piccoli gruppi di vacche più lontano e più a nord. Ma avevano fatto in modo che almeno uno di loro rimanesse con JJ ogni notte. Quella sarebbe stata l'ultima volta che Dan sarebbe rimasto lontano da lei fino al momento del trasferimento del bestiame a ottobre, che li avrebbe tenuti tutti e tre lontano da JJ per una settimana.

Era piuttosto nervoso all'idea di lasciarla da sola. Tutti lo erano.

Tranne JJ.

Si aspettavano che fosse colta dall'ansia e dagli suoi soliti attacchi di panico, ma a colazione era sembrata a tutti molto allegra.

"Ha in mente qualcosa," borbottò Rafe mentre legava un telo sopra il bagaglio del suo rimorchio.

"È carina quando ha in mente qualcosa," disse Brady con un sorriso.

"Ehi, lei è sempre carina," aggiunse Rafe.

Risero tutti, concordando su quell'affermazione.

"Se non dovessi mettere tutte queste targhette sul bestiame nel corso di questo ultimo viaggio, ripeterei volentieri la performance di ieri notte," li prese in giro Dan. Non riusciva a fare a meno di vantarsi, solo un po', di aver trascorso la sua notte da solo con JJ.

Tutti e tre facevano passavano la notte a turno con lei. Ogni notte uno di loro dormiva con JJ e la quarta notte tutti e tre facevano l'amore con lei contemporaneamente. Non aveva mai incontrato una partner sessuale tanto vogliosa. Era liberatorio.

Sospettava che l'inclinazione di JJ verso il sesso avesse a che fare con i lunghi anni trascorsi in prigione. La piccola non si aspettava di uscire con dieci anni di anticipo. Se fosse stato nei suoi panni, lui avrebbe cercato di recuperare il tempo perduto.

"Bene, Dan, amico mio, il primo che tornerà qui fra tre giorni si godrà dei gran bei momenti con lei. E scommetto che quello sarò io." Brady rivolse a Dan un sorriso a trentadue denti.

Figlio di puttana.

"Allora è questo il motivo per cui hai scelto di lavorare nella zona sud-est, perché è la più vicina al ranch. Davvero subdolo," ringhiò Dan. Bastardo fortunato. Avrebbe dovuto pensarci per primo. "Muoviamo il culo. Prima finiamo il lavoro, prima scopriremo che sta architettando JJ," disse Rafe con un occhiolino. Si mise il casco sulla testa e si allacciò la cintura.

Un attimo dopo, mise in moto il suo veicolo, salutò gli amici con un gesto della mano e con un gran frastuono uscì dal capannone, emettendo una maleodorante nuvola blu di carburante.

"Quello stronzetto pensa che sia una gara," disse Brady scuotendo la testa. I suoi occhi brillarono di malizia e un secondo dopo, si mise il casco a sua volta, accese il motore e, con un rapido cenno di saluto a Dan, seguì Rafe.

Per un momento, Dan pensò di stare per un paio d'ore con JJ. Solo per farle compagnia e chiedere se lei stesse davvero bene sapendo che sarebbero stati lontano per tanto tempo. Ma poi aggrottò la fronte all'idea perché lei avrebbe pensato che si comportava da chioccia. Doveva fidarsi di lei quando diceva che sarebbe stata bene.

Si calò meglio il casco sulla testa, se lo allacciò, montò sul veicolo e un attimo dopo lo guidò fuori con un movimento ad angolo, poi chiuse la porta. Salì di nuovo sul suo quad e lanciò un saluto a JJ che stava stendendo il bucato su una corda all'aperto.

Lei rispose al saluto e gli sembrò piuttosto felice. Un ampio sorriso le illuminava il viso e i suoi lunghi capelli ramati si agitavano nel vento d'autunno.

Beh, dannazione, non sembrava affatto nervosa. Sì, aveva sicuramente in mente qualcosa.

Accidenti, pensavo che i ragazzi non se ne sarebbero mai andati.

JJ tirò un sospiro di sollievo, mentre il quad di Dan scompariva sul sentiero che anche Rafe e Brady avevano appena imboccato.

In fretta, finì di stendere il bucato e si precipitò in casa per prepararsi.

Mezz'ora dopo, JJ si trovava sul molo a fissare le acque blu increspate e a osservare l'aereo bush bianco che planava verso di lei sul lago.

Santo cielo! Il suo cuore era sul punto di scoppiare fuori dal petto al pensiero di ciò che stava per fare.

Le aveva completamente dato di volta il cervello? Sì, doveva essere così. Le gambe cominciarono a tremare quando scorse il volto dell'istruttrice di volo attraverso il finestrino.

Kaley le fece un cenno di saluto ma il suo bel sorriso contribuì molto poco ad alleviare l'ansia di JJ. Il suo stomaco era contratto dal nervosismo.

Oh Dio, stava per vomitare. Stava per vomitare proprio lì. Stava per rimettere la colazione nel lago.

Ma JJ sapeva anche che, dopo essersi sentita male, ci sarebbe comunque salita su quell'aereo. Proprio come aveva fatto per tutta l'estate, ogni volta che i ragazzi partivano.

La terapia di esposizione. Era terribile, ma funzionava. Con l'aiuto della terapia cognitiva - imparare a cambiare il modo in cui parlava a se stessa dell'orrore delle pareti dell'aereo che le si chiudevano addosso, schiacciandola – si era anche esercitata a respirare quando la sua immaginazione troppo fervida le causava attacchi di panico.

Per rendere le cose ancora più impegnative, aveva conseguito la licenza di allievo pilota e aveva imparato a pilotare un piccolo aereo. Quell'aereo invece era abbastanza grande rispetto a quelli su cui gli altri piloti della North Country Air volavano, ma Kaley giurava che era il migliore. Il suo Cessna Caravan poteva contenere fino a sedici passeggeri e un po' di carico. Era del 1997 ed era stato portato lì dalla Svezia nel 2006 da un amico pilota di Kaley. Kaley lo aveva acquistato per più di un milione di dollari nel 2008.

"Sei pronta, JJ? Saltiamo l'ispezione prevolo perché so che la conosci perfettamente," disse Kaley dalla porta aperta. Il vento le soffiava intorno al viso i biondi capelli color miele lunghi fino alle spalle. Manovrò con destrezza il Cessna lungo il lato del grande lago e fece cenno a JJ di salire a bordo.

Le grida di Kaley scossero JJ dal suo momentaneo stato di disagio. Afferrò lo zaino con tutto l'occorrente per le emergenze: un kit di pronto soccorso, acqua, compresse per purificare l'acqua, fiammiferi impermeabili, un piccolo fornello d'emergenza e confezioni di cibo secco, nel caso in cui l'aereo avesse dovuto effettuare un atterraggio di emergenza.

Gettò lo zaino che Kaley afferrò con sicurezza e che lasciò cadere all'interno dell'aereo.

"Ora, è il tuo turno," disse l'istruttrice con voce ferma.

JJ si bloccò mentre un'ondata di panico la investiva. La sua gola si seccò e il suo cuore cominciò a battere a folle velocità.

Merda! Ora, non era il momento di perdere il controllo.

"Puoi farlo. Basta respirare e non dimenticare quei pensieri felici!" gridò Kaley.

JJ annuì a scatti.

Pensieri felici. Certo, come no.

Oddio, doveva essere completamente pazza per fare una cosa del genere.

"Dai, JJ. Ricorda: piccoli passi. Ti sei preparata per tutta l'estate. Andiamo o l'aereo andrà alla deriva e dovrai fare una bella nuotata per raggiungerlo e tu non vuoi che accada, vero?" Kaley rivolse a JJ un enorme sorriso che le formò due profonde fossette nelle guance.

Tese la mano e JJ non esitò. Ingoiò il panico, salì sul pontile più vicino e afferrò la mano di Kaley.

Poteva farlo e lo avrebbe fatto. Voleva così tanto liberarsi delle sue paure e diventare una risorsa per i suoi uomini. Essere in grado di farli volare dentro e fuori da quel luogo, soprattutto in caso di emergenza... l'impotenza di non essere stata capace di portare Dan in ospedale la primavera passata era stato lo stimolo che l'aveva convinta a muovere il culo e far funzionare correttamente il cervello.

In un attimo, fu sull'aereo e Kaley mise lo zaino di JJ su uno dei sedili più vicini alla cabina di guida.

"Oh, ehi, c'è della posta per te," disse Kaley tendendole una lettera. JJ prese la busta bianca.

Chi mai poteva scriverle in quel luogo? Non aveva amici, a parte una manciata di piloti di sesso femminile alla North Country Air che la conosceva. Una rapida occhiata al nome e all'indirizzo la fece accigliare. La lettera era di una sua ex compagna di cella.

Avrebbe voluto leggere la lettera subito, ma invece la nascose in una tasca laterale del suo zaino. L'avrebbe letta in un secondo momento.

Adesso era il momento di volare.

Prese posto sul sedile del pilota, e controllò gli indicatori di livello. Tutto sembrava a posto. Da manuale.

Kaley faceva un ottimo lavoro di manutenzione del suo aereo, e finora JJ non aveva mai incontrato un solo problema durante i controlli in volo.

"Va bene, avvia l'aereo e portalo dall'altra parte del lago, proprio come l'ultima volta."

JJ annuì. Una strana sicurezza l'attraversò.

Sì, poteva farlo. Proprio come l'ultima volta. Aveva già pilotato l'aereo intorno al lago molte volte. Sapeva leggere il cruscotto come fosse stato il palmo della sua mano. Cavolo, persino quando dormiva sognava di volare.

Sì. Poteva farlo.

SOLO UN'ALTRA NOTTE e poi rivedrò JJ, pensò Brady fissando le fiamme arancioni del falò. Rise e scosse la testa. Se ne era reso conto mesi prima, che ogni volta che era da solo, i suoi pensieri andavano a JJ. E spesso, proprio come in quel momento, ricordava la prima volta che l'aveva vista. Aveva fatto un passo fuori dal piccolo aereo che era atterrato sul lago ghiacciato proprio vicino al loro ranch.

Brady aveva chiesto alla sorella, Jenna, di mandar loro un uomo o due, tramite la sua società Cowboys Online che forniva ex detenuti per lavorare nei ranch. Ma JJ si era rivelata essere una donna avvolta dalla testa ai piedi in abbigliamento invernale, come se avesse paura del freddo.

Era anche ubriaca, avendo dato fondo al carico di vino che la pilota della North Country Air doveva consegnare all'isolato rifugio a un centinaio di miglia ad est del Moose Ranch. Avevano scoperto che JJ soffriva di claustrofobia, accompagnata da ansia e panico, e la poveretta aveva sperato che il vino le calmasse i nervi. Così era stato, ma l'aveva anche resa piuttosto audace quella sera tanto da dirgli, tra un singhiozzo e l'altro, che lui era burbero ma carino.

Brady sorrise. A dire il vero, però, nonostante fosse arrabbiato con la sorella Jenna per averli ingannati inviando loro una donna al posto di un uomo, JJ era la ragazza più bella su cui avesse mai posato gli occhi.

Non avrebbe mai immaginato che potesse diventare più bella, ma così era stato.

Il suo cuore sanguinava ogni volta che pensava a come fosse stata in gabbia come un animale per dieci anni in un penitenziario. La rabbia prendeva il sopravvento sul dolore quando pensava al motivo per cui era stata messa in prigione. Qualcosa di così semplice come la legittima difesa con le attenuanti generiche avrebbe dovuto farle ottenere la libertà vigilata o addirittura l'assoluzione. Maledizione, il suo caso non avrebbe mai dovuto essere mandato a processo, tanto per cominciare.

Per fortuna, aveva ottenuto la grazia così ora poteva andare ovunque, eppure era rimasta lì con loro.

Brady aggrottò la fronte. Restava forse lì perché non riusciva a montare su un aereo e andarsene a causa della sua ansia? Se non avesse sofferto di attacchi di panico, li avrebbe lasciati? A causa dei suoi problemi, si sentiva prigioniera lì con loro, seppur con sbarre immaginarie?

Un lupo ululò in lontananza e Brady rabbrividì a quel lamento solitario. Gettò un altro ciocco sul fuoco e gialle scintille scoppiettarono nel cielo nero. Le fiamme si rinvigorirono ma poco fecero per scaldare l'aria.

Brady si chiuse la giacca di jeans, si accovacciò sulla sedia di fortuna e si abbassò il cappello da cowboy sulle orecchie. Presto avrebbe dovuto sostituirlo con un tocco, un cappello più aderente, perché stava arrivando l'inverno ma indossare quello da cowboy lo faceva sentire vicino a JJ.

Sorrise. Il suo fascino per i cappelli da cowboy lo divertiva. JJ diceva che la eccitavano e accidenti se era vero. Le brillavano gli occhi e sul viso le compariva quel mezzo sorriso irresistibile quando loro tre indossavano contemporaneamente i loro cappelli.

Una vacca muggì da qualche parte nei dintorni. Attraverso la nebbia, Brady riuscì a distinguere le sagome delle bestie che si sistemavano per la notte. Negli ultimi due giorni, avevano trasferito oltre un centinaio di animali. Alcuni in altri pascoli e altri in quello dove si trovava lui in quel momento. L'indomani avrebbe trasferito molte altre dozzine di capi, poi sarebbe tornato a casa e si sarebbe goduto la sua notte con JJ.

Accidenti, non vedeva l'ora di rivederla. Ma nel frattempo... Prese il suo telefono satellitare.

"Ciao Brady! Dove sei ora? Hai cenato? Hai freddo?" chiese JJ senza nemmeno riprendere fiato quando sentì la sua voce al telefono.

Ci fu un'interferenza e per un attimo pensò che la linea fosse caduta, ma poi Brady rispose.

"Sto qui seduto accanto al fuoco e mi sto congelando il culo, bambina. Come vanno le cose da quelle parti? Va tutto bene? I ragazzi ti hanno già chiamata?"

JJ sorrise.

La chiamavano tutti e tre ogni sera, per controllarla. Dopo aver sorvolato i cieli ed essere tornata a casa a giocare a fare la casalinga, non vedeva l'ora che arrivassero la sera e le telefonate dei ragazzi. Stava vivendo il meglio di entrambi i mondi, quello di pilota di aerei e quello di signora della casa.

"Poco fa ho sentito Rafe e ho appena parlato con Dan. Non hai risposto alla mia domanda circa la cena. Non eri troppo stanco per cucinare qualcosa di caldo, vero?"

Brady ridacchiò.

"La vecchia chioccia. Sì, ho cenato e devo dire che quei pasticcini al cioccolato che hai fatto la prima sera erano dannatamente buoni. Se tu fossi qui, ti avrei fatto leccare i baffi di crema dalle mie labbra."

Un piacevole calore la pervase al complimento di Brady. Le piaceva quando i ragazzi non riuscivano a saziarsi dei piatti che cucinava per loro.

"Pasticcini, al plurale? Vuoi dire che li hai mangiati tutti e tre in una volta? Ne avevo preparato uno per ogni sera e ognuno era abbastanza grande da non doverne mangiare tre in una volta."

Risata. "Troppo tardi."

JJ scosse la testa. Accidenti, voleva che fosse lì con lei. Era troppo disagevole per lui passare la notte così lontano e all'aperto. Rafe e Dan avevano vecchie case dove rifugiarsi, ma Brady si trovava in una zona dove non c'erano capanni per ripararsi.

Una folata di vento soffiò contro le finestre dell'ufficio e un brivido s'insinuò su per la schiena nel sentire quel rumore raccapricciante. Di solito non l'avrebbe infastidita, ma era già la seconda notte che passava da sola e la nostalgia dei suoi uomini iniziava a farsi sentire. Come avrebbe fatto a sopravvivere ad ottobre, quando i ragazzi se ne sarebbero andati per una settimana intera?

JJ guardò fuori dalla finestra. Era buio pesto e non riusciva nemmeno a vedere il lago. E a giudicare dalla violenza con cui il vento di schiantava contro le finestre, JJ capì che l'autunno stava arrivando più aguerrito che mai e non ne sarebbe rimasta affatto sorpresa se l'elettricità se ne fosse andata. Guardò lo scaffale vicino alla porta della sala e si rilassò. C'era una torcia elettrica nel caso in cui fosse stato necessario.

"Hai messo la calzamaglia?" chiese lei, cercando di mantenere la voce allegra. Nonostante la sua inquietudine, JJ non voleva che Brady percepisse che era in preda all'agitazione perché lui aveva un lavoro da fare e non era la sua babysitter.

"Vorrei che tu fossi qui con me, così potresti vedere che effetto fa la calzamaglia in una certa area del mio corpo. Mi manchi da morire."

Il respiro di JJ si troncò in petto. Che canaglia.

"Mi manchi anche tu, Brady." *Mi mancate tutti e tre.*

Attese una risposta e imprecò in silenzio quando non arrivò.

"Brady?" Silenzio di tomba.

Cavolo. La linea era caduta e lei riattaccò. Attese un attimo e ricompose il numero di Brady. Niente.

Un altro colpo di vento sbatté contro le finestre, facendola sobbalzare. Guardò l'orologio. *Le nove in punto.*

Dubitava che Brady avrebbe richiamato quella sera. Sarebbe andato a dormire e questo era esattamente ciò che aveva bisogno di fare anche lei. JJ afferrò la torcia di emergenza e fece un controllo di routine per assicurarsi che tutte le porte e le finestre fossero chiuse a chiave.

Anche se il vicino di casa più vicino era ad oltre un centinaio di chilometri di distanza, era ancora innervosita da quello che era successo quando il suo fratellastro si era presentato e l'aveva rapita mesi prima. Aveva la sensazione che le ci sarebbe voluto molto tempo per superare quella terribile esperienza.

Dopo una veloce doccia calda, accese un fuoco nel camino in camera da letto. L'elettricità non era ancora saltata, ma il vento continuava a martellare contro le finestre, tanto che JJ accese una candela e mise la torcia sul comodino. Si tolse la vestaglia, scivolò nuda tra le lenzuola e prese la lettera che Kaley le aveva dato.

Un'ondata di tristezza travolse JJ quando aprì la lettera. Molte delle donne che aveva incontrato in carcere si erano indurite nel corso degli anni di prigionia, ma Milena Allen aveva ancora una natura gentile, anche dopo dodici anni di carcere.

Aveva un passato simile a quello di JJ. Niente padre, niente fratelli e una madre amorevole che si era presa cura di lei fino a che non era morta di cancro quando Milena aveva otto anni. Lei non aveva avuto parenti disposti ad adottarla e così era passata da una famiglia all'altra, in affidamento.

Aveva preso a frequentare le compagnie sbagliate ed era stata condannata al massimo della pena per aver commesso un brutale omicidio sotto l'effetto della droga.

Erano state amiche intime per un anno. Milena tormentava sempre JJ perché frequentasse i corsi per corrispondenza disponibili, ma a causa dei suoi problemi di ansia, lei sceglieva di rimanere nell'ambiente familiare della sua cella con la tv e non aveva mai seguito il consiglio dell'amica.

Poi un giorno Milena non si era presentata per la prima colazione e JJ era rimasta devastata nell'apprendere che la sua amica era stata trasferita a un altro penitenziario, e così avevano perso i contatti nel corso degli anni. Ma ora Milena l'aveva trovata.

Le mani di JJ tremavano mentre leggeva la lettera.

Cara Jennifer Jane,

spero che questa lettera ti trovi bene. Ho appena sentito che hai ottenuto la libertà vigilata anticipata tramite i programmi di Freedom Run e Cowboys Online. Tante congratulazioni. Sono così felice per te. Non ti avevo detto che sei stata davvero sfortunata? Che non saresti mai dovuta andare in prigione?

In ogni modo, ho anche sentito che stai lavorando in un ranch per il fratello della donna che gestisce Cowboys Online. Non so se hai contatti con lei, ma mi conosci personalmente. Se riesci a garantire per me con quella donna, ti sarò sempre debitrice. Ho firmato per entrambi i programmi, ma non ho ancora avuto risposta.

Spero che riusciremo a rivederci e per favore, sii certa che ti penso spesso. Un caro abbraccio. Grazie in anticipo per tutto quello che potrai fare.

Con affetto, Milena Allen

Il piacevole calore inondò JJ mentre ricordava l'inclinazione di Milena ad abbracciarla sempre con affetto. JJ fece alcuni calcoli mentali e pensò che Milena dovesse avere circa trentatré anni adesso. Pur continuando ad avere problemi di droga anche in carcere, JJ sapeva nel profondo del suo cuore che la sua amica era una brava ragazza. Forse se avesse parlato con Jenna avrebbe potuto aiutare Milena?

Aveva parlato con Jenna un paio di volte nel corso dell'ultimo anno quando lei aveva chiamato e parlato con Brady. Jenna sembrava una donna di buon cuore. Doveva esserlo, per gestire un'attività come quella di Cowboys Online. Ma JJ non voleva approfittare di lei e del suo programma. Eppure non voleva nemmeno deludere Milena.

Allungandosi, JJ prese il telefono e rimase sorpresa di sentire il segnale di linea. Aprì il cassetto del comodino, tirò fuori la sua rubrica personale dove teneva una manciata di numeri di telefono e poi compose quello di Jenna.

2.

La mattina successiva, sul presto, il rombo di un aereo in arrivo fece precipitare JJ fuori dal ranch e l'aria fredda le sferzò il viso mentre lei correva lungo il sentiero verso il lago. L'alba stava irrompendo e ombre spettrali abbracciavano la foresta circostante, rendendo il lago scuro e grigio.

Quella mattina, aveva dormito. Con l'emozione per aver parlato con Jenna di Milena la sera prima e con l'ansia che le dava il dover stare da sola, si era completamente dimenticata di mettere la sveglia.

Dopo aver fatto una rapida colazione a base di cereali e succo d'arancia, aveva afferrato il suo zaino di volo e si era precipitata fuori appena in tempo per vedere Kaley che pilotava il grande aereo bianco verso il molo. Il motore le rombava nelle orecchie mentre correva giù al molo e saltava sul pontile. Kaley aveva già aperto il portellone e JJ si chinò rapidamente sotto l'ala e salì sull'aereo. L'interno odorava vagamente di carburante e olio. Stava diventando un odore familiare. Una parte della sua routine quotidiana. Una parte della sua vita.

JJ tirò il portellone e chiuse a chiave. Dopo aver lanciato lo zaino su un sedile, si affrettò ad entrare nella cabina di pilotaggio dove Kaley si era già ritirata e si era trasferita sul sedile del co-pilota.

la sua istruttrice di volo appariva raggiante quando JJ entrò nella cabina di pilotaggio.

"Che c'è?" chiese.

Non riusciva a capire il motivo per cui Kaley sembrava così felice. La donna raramente accennava a un sorriso e di solito era sempre severa.

"Ci sei tu. Questa è la prima volta che non ho dovuto convincerti a salire sull'aereo. Ti ho visto correre lungo il sentiero e ho pensato che forse eri troppo preoccupata di arrivare qui e che stavi pensando ad altre cose, così ho sperato che saresti semplicemente saltata sull'aereo senza pensarci due volte. Il che è esattamente quello che hai fatto."

JJ si morse il labbro inferiore mentre una scossa di nervosismo l'assaliva. Si irrigidì e si lasciò cadere sul sedile.

Merda. Kaley ha ragione.

Aveva passato la mattina a correre da una parte all'altra e non aveva pensato all'ansia e al panico. Fino a quel momento.

"Ora che sei qui, muoviamoci. Sta arrivando la luce del giorno. Dimmi velocemente come pensi di portarci in volo."

JJ sbatté le palpebre. *In volo?*

"Avresti dovuto già farlo e sei più che pronta. Niente più scuse. Dimmi come hai intenzione di portarci in volo."

L'ansia minacciava di esplodere, ma JJ riuscì a dominare il nervosismo. A malapena, però.

Per i successivi minuti, fornì a Kaley una lista di controllo verbale delle istruzioni che aveva imparato. Anche se aveva superato le prove teoriche a pieni voti ed era andata bene con le prove al simulatore online che le aveva assegnato la sua istruttrice, non aveva però ancora preso confidenza con l'idea di far volare un aereo, se non nei suoi sogni.

"Perfetto. Ora, avvia il motore e facciamo volare questo bambino."

Il cuore di JJ accelerò quando guardò fuori dal finestrino. La brezza vivace aveva spinto l'aereo lontano dal bacino ed erano ormai a circa mezzo miglio dal ranch. Il vento scuoteva la carlinga e onde alte un piede si schiantavano contro i pontoni.

L'ansia s'impossessò di JJ.

Era circondata dall'acqua. Era in trappola.

Sollevò le spalle strette ed emise un sospiro carico di tensione.

Non c'era via d'uscita. Nessuna possibilità di toccare la terraferma. Inutile lasciarsi prendere dal panico. Andare fuori di testa l'avrebbe solo fatta sentire a disagio e avrebbe mandato a monte tutti i suoi piani di restare concentrata su quel progetto. Voleva davvero tanto sorprendere i ragazzi con quel segreto.

Nonostante cercasse di parlare a se stessa e ripetersi di stare calma, quel nervosismo che tanto bene conosceva iniziò a farsi strada dentro di lei. Roteò di nuovo le spalle irrigidite e si concentrò sugli strumenti di volo. Tutto sembrava normale.

Kaley dovette percepire il suo nervosismo, perché improvvisamente allungò la mano e la mise sul polso di JJ.

"Basta ricordare, tesoro, che devi fare piccoli passi. Nessuna impresa è irrealizzabile se fai piccoli passi. Si cade e ci si rialza, d'accordo?" La domanda di Kaley arrivò con voce ferma che all'improvviso fece breccia nella testa di JJ.

La sua istruttrice di volo era di nuovo tornata a un tono di voce formale e, per un breve istante, JJ si sentì disorientata.

I finestrini sembrarono vacillare e chiudersi su di lei.

Rilassati. Posso farlo. Sono arrivata fino a questo punto. Cavolo, ci era arrivata davvero!

A JJ furono necessari diversi respiri lenti e profondi per cominciare a sentirsi meglio. Si era esercitata sulla stabilizzazione del respiro nelle ultime settimane. Ci aveva lavorato un sacco. Aveva allenato il suo corpo e il suo cervello su come reagire quando sentiva arrivare l'attacco di panico, che stava arrivando adesso.

JJ tremò.

La luce del sole del primo mattino comparve attraverso il parabrezza, catturando la sua attenzione. Lei sorrise a quel bagliore roseo. Improvvisamente non si sentiva così sola e priva di equilibrio. Aveva Kaley a guidarla e aveva l'aiuto del sole.

Ruotò di nuovo le spalle, finalmente sentendole meno tese. Poi avviò il motore che le ruggì nelle orecchie, abbassando rapidamente il battito del suo cuore.

Concentrati.

JJ verificò tutto ciò che doveva essere controllato. Tutto sembrava a posto. Registrò l'orario di partenza sul giornale di bordo e poi lo sistemò nel gancio sotto il sedile.

Le piaceva l'aereo di Kaley. Era più vecchio e molto più grande rispetto agli altri idrovolanti che scaricavano i rifornimenti al ranch. E ora lo sentiva come una seconda casa. Certo, come no.

Smettila e muoviti.

JJ inclinò l'aereo verso la sponda del lago più vicina e guardò il sole spuntare oltre il limite del bosco scuro. La brillante luce del sole saltava sulla bianca cresta delle onde. Quando raggiunse la sponda del lago, girò l'aereo.

La fiducia in se stessa aumentò. Spinse l'aereo in avanti. Questa parte le veniva spontanea come una seconda natura. Familiare. Confortante.

Aumentò la velocità. I pontoni schiaffeggiavano rumorosamente le acque.

"Aumenta la potenza. Lentamente," dichiarò Kaley a bassa voce.

La bocca di JJ si seccò quando l'altra estremità del lago divenne rapidamente visibile. Il cuore le martellava nel petto mentre lei faceva ciò che Kaley le aveva ordinato e diede maggior potenza alle macchine. Il rombo dei motori si fece più forte. Poi JJ fece quello che aveva imparato con il simulatore di volo e in pochi secondi l'aereo sembrò più leggero, si sollevò dalle onde e si alzò in volo.

Oh, cielo! Sto volando!

Per un attimo, la sua mente si oscurò. Ora che doveva fare? Non riusciva a pensare. Non riusciva a ricordare. Era tutto così travolgente. Stava volando!

Fortunatamente, Kaley le diede l'istruzione successiva e JJ all'improvviso ricordò cosa doveva fare. Inclinò verso l'alto l'aereo e pochi istanti dopo sorvolarono i pini che abbracciavano la costa rocciosa del lago.

JJ fu colta da un vero attacco di euforia quando guardò verso il basso. Rimase a bocca aperta per la bellezza dei boschi verdi, delle acque nere delle insenature, dei tortuosi fiumi azzurri e del mosaico di prati scintillanti.

20   JAN SPRINGER

"Cosa sono quei puntini neri e marroni?" chiese JJ indicando un particolare prato.

"Quello è il vostro bestiame," commentò Kaley.

Avrebbe voluto cercare i ragazzi, ma concentrò la sua attenzione su quello che aveva davanti agli occhi.

Volava in un cielo dell'azzurro più puro. Si sentiva senza peso. Era libera.

Era pazzesco.

"Ce l'hai fatta! Brava!" l'applaudì Kaley. "Mantieni questa quota e facciamo un giro."

Per tutta l'ora successiva, JJ seguì le istruzioni di Kaley su dove andare. Volarono sopra enormi aree boschive costellate di laghi blu. Raffiche occasionali di vento schiaffeggiavano l'aereo, ma JJ riuscì a mantenerne il controllo.

"Ti va di abbassarti un po'?" chiese Kaley quando il lago e il ranch furono in vista.

Per un attimo, JJ avrebbe voluto dire di no. Non aveva mai fatto atterrare un aereo prima. Ma poi una voce interiore la spinse a tentare, perché in fondo prima di quel momento non ne aveva nemmeno mai fatto volare uno.

Un attimo di euforia la colse, dandole le vertigini, poi la realtà si ripresentò davanti a lei. Aveva un aereo da far atterrare!

Deglutì e annuì a scatti. Non faceva che tremare e le sue mani si stringevano intorno alla cloche. Le spalle si tesero. Non si era resa conto di aver stretto troppo la cloche fino a quando le spalle non cominciarono a farle male. Allora allineò l'aereo al centro del lago e iniziò la discesa.

Dopo un paio di istruzioni da parte di Kaley, JJ espirò profondamente mentre i pontoni dell'aereo toccavano il lago producendo enormi spruzzi d'acqua. A malapena sentì le grida entusiastiche di Kaley quando girò lentamente l'aereo verso il molo a circa un quarto di miglio di distanza.

"Va bene, facciamo a cambio, attraccherò io. Sembri stanca," disse Kaley alzandosi.

JJ era più che stanca. Era esausta.

Le gambe le tremavano come non mai mentre le due amiche si scambiavano i posti a sedere. Non riuscì a credere ai suoi occhi quando guardò fuori dal finestrino e vide il molo e il ranch farsi sempre più vicini.

Oh, Signore. Ce l'aveva fatta davvero. Aveva fatto volare e atterrare un dannatissimo aereo.

E tu che pensavi di non poterci riuscire, la rimproverò una vocina cinica che le veniva da dentro.

Beh, sembrava proprio che non avrebbe più potuto attaccarsi a quella scusa. Poteva fare tutto, nonostante la sua ansia e i suoi attacchi di panico.

Sì, poteva.

"Blue e Kelly mi hanno parlato di alcuni deliziosi brownies. Questi biscotti sono il motivo per cui ho voluto essere la tua istruttrice di volo," commentò Kaley mentre JJ posava sul tavolino un piatto pieno di brownies, accanto alla caffettiera e alle tazze che aveva portato in precedenza.

"E io che pensavo che fosse perché amavi la sfida di far volare una donna ansiosa e soggetta ad attacchi di panico," ridacchiò JJ ricordandosi poi di una cosa. "Aspetta, ho una piccola sorpresa per te," disse.

Si precipitò in cucina e raggiunse un alto armadietto dove aveva nascosto qualcosa. Quando tornò indietro, teneva in mano un piccolo pacchetto regalo. Le sue mani tremavano e quasi lo lasciò cadere.

Da quando era scesa dall'aereo, JJ non aveva smesso di tremare. E non per via dell'ansia, ma per l'eccitazione di essere riuscita a realizzare uno dei suoi sogni: imparare a volare.

Quel senso di appagamento quasi la faceva impazzire. Voleva gridare la notizia per tutta la foresta. Voleva raccontare tutto ai ragazzi...

JJ si calmò. Fino ad ora, non aveva detto loro niente. Aveva fatto tutto alle loro spalle e all'improvviso il senso di colpa le rose tutto l'entusiasmo. Come avrebbe dato la notizia ai ragazzi? Oh diamine, ci avrebbe pensato più tardi. In quel momento, lei aveva qualcosa per Kaley.

"Kaley, questo è per te," disse accomodandosi sul divano accanto a lei e porgendole il dono che aveva avvolto in una carta color lilla abbastanza coordinata con il fiocco. L'istruttrice di volo non riuscì a nascondere la sua sorpresa, ma posò il brownie mezzo mangiucchiato sul piatto. Si strinse le mani al petto e scosse la testa. Gli occhi azzurri erano accesi per la sorpresa.

"JJ, non dovevi. È così dolce da parte tua."

"Dai, aprilo. Spero che ti piaccia."

Un raro sorriso incurvò le labbra di Kaley e JJ fu contenta di averle fatto un regalo.

"Quando l'ho visto, ho pensato a te. Mi ricordo che hai detto di venire dalla costa orientale, non troppo lontano da Boston e che una volta andavi in barca con due ragazzi che erano fratelli."

Un'espressione malinconica aleggiò sul volto della donna. Per un attimo, lei aggrottò la fronte e JJ ebbe la sensazione di aver commesso un errore a farle quel regalo. Ma quando Kaley cautamente rimosse il fiocco e con attenzione scartò e aprì la piccola scatola di velluto nero tirandone fuori una delicata collana d'argento con una graziosa barchetta a vela, la sua bocca si spalancò per lo choc. Ora aveva gli occhi pieni di lacrime.

"E' semplicemente stupenda, JJ," sussurrò. "Vuoi mettermela? Sono brava a far volare un aereo, ma sono pessima con i gioielli delicati." Sollevò le sue due mani e agitò le dita sfregiate.

JJ aveva notato le cicatrici sulle dita e sulle braccia di Kaley, ma non aveva mai curiosato su ciò che le era accaduto.

La felicità spazzò via la sua paura di aver fatto un errore e pochi istanti dopo Kaley era tutta sorrisi mentre indossava la collana, sorseggiava il suo caffè e spuntava un secondo brownie nella sua bocca. Emise alcuni divertenti suoni di apprezzamento e mentre masticava i suoi occhi si spalancarono e lei scosse la testa.

"Questi biscotti sono assolutamente, incredibilmente deliziosi," disse Kaley dopo aver inghiottito.

Orgogliosa, JJ la invitò a prendere un altro biscotto.

"Questi andranno dritti sui miei fianchi ma ne vale la pena. JJ posso avere la ricetta una volta o l'altra?"

"Certo, te la mando via e-mail. In realtà è una ricetta che ho creato io per i ragazzi. C'è della birra dentro ma non preoccuparti, non ti ubriacherai."

Kaley rise. "Birra? Non ci credo."

"È vero. I ragazzi li adorano."

L'espressione di Kaley tradiva una grande emozione. "Lo credo bene. Dovresti metterti in affari e venderli."

"Sì, e consegnarli con l'aereo," aggiunse JJ senza prendere sul serio Kaley.

"Già mi immagino tutti quegli eremiti e allevatori che vivono in solitudine stare in attesa dei tuoi biscotti, JJ. Renderesti migliori le loro giornate, ma ti ci vuole la licenza prima."

Hmm, era un'idea interessante, ma lei era solo una principiante. Ci voleva del tempo per imparare a cuocere in modo professionale e aveva troppo da fare lì al ranch.

"Ehi, non lavoriamo troppo di fantasia. Sono appena agli inizi con il volo, e poi non ho nemmeno un aereo," disse JJ con una risatina. Kaley era solo una sciocchina. O forse no?

"Posso vedere di trovarvi un usato. Si può prendere un prestito da una banca o un prestito personale da qualcuno."

JJ si strinse nelle spalle.

Quando non rispose, la mano di Kaley aleggiò sopra il mucchio di brownies.

"Non ne ho mai abbastanza. Posso averne un altro?"

"Ma certo, mangiane pure quanti ne vuoi. Te li metto da parte così te li porti a casa. Si congelano facilmente."

"Tutti. Io li voglio, ma non potrei chiederli tutti, sembrerei troppo ingorda. Però mettermeli da parte, beh, è così dolce da parte tua. Mi rendo conto che devi nutrire i tuoi cowboy."

"Sul serio, Kaley, sei tu quella dolce. Accettarmi, prenderti questa gatta da pelare sapendo che sfida sia per me salire su un aereo."

"Amica, credimi, so cosa vuol dire affrontare una sfida."

Kaley alzò le mani.

"Vedi queste? Erano così bruciate che mi hanno detto che probabilmente non sarei mai più stata in grado di usarle e sarei stata fortunata se non le avessi perse del tutto." Lei agitò le dita. "Sono stata fortunata."

"Non voglio essere indiscreta, ma come hai fatto a bruciarti mani e braccia?"

Kaley scosse la testa e si morse il labbro inferiore.

"E' una lunga storia. Un incidente d'auto durante una tempesta di neve. Mi ha bruciato tutto il corpo, in realtà. Anche il viso. Ero con i miei due amici uomini, quelli con la barca a vela. Siamo usciti di strada. Io ero l'unica a indossare la cintura di sicurezza. Loro sono stati gettati fuori dalla macchina e si sono feriti gravemente, ma io sono rimasta intrappolata dentro e i soccorritori non sono riusciti a sganciare la cintura di sicurezza. Ero incosciente quando l'auto ha preso fuoco. Il personale di emergenza non riuscì a farmi uscire in tempo, così mi sono bruciata viva." Kaley rabbrividì e JJ desiderò di non aver mai fatto quella domanda.

"Per il viso ho fatto interventi di chirurgia plastica, ma per il resto... beh, diciamo che nel corso degli anni è stato un work in progress. Ho solo un altro paio di interventi chirurgici e dovrei essere come nuova."

"Wow, non ne avevo idea," rispose JJ.

"Io non pubblicizzo la mia storia ma stai pur certa che la maggior parte delle donne che volano per la North Country Air hanno affrontato grosse sfide. Perciò capiamo quello che hai passato."

"Passato? Non credo di essere fuori dai guai."

"Considerati un work in progress, allora. Capirai quando sarai guarita abbastanza da ricominciare a vivere davvero. Parlando di vivere ... quei tuoi tre capi sexy. Quando hai intenzione di dire loro delle tue lezioni di volo? E perché poi mantenere il segreto?" chiese Kaley. La curiosità brillava nei suoi occhi mentre si appollaiava sul bordo della sedia, del tutto eccitata.

"Voglio dire, tenere nascosto qualcosa ai tuoi datori di lavoro. Non mineresti poi la loro fiducia o roba del genere? Voglio dire con voi quattro che vivete qui... va bene, mi dispiace. Dovrei farmi gli affari miei."

JJ scosse la testa.

"No, va bene. Hai condiviso cose personali con me, così è giusto che io faccia lo stesso. Non ho detto niente perché non volevo che mi convincessero a desistere."

Kaley aggrottò la fronte. "Non pensi che invece ti sosterrebbero in questa tua decisione?"

"Si preoccuperebbero troppo. Dicevano che gli aerei sono pericolosi."

"Beh è vero, possono esserlo a volte. Ma, non sono diversi rispetto a qualsiasi altro veicolo. Basta tenere i registri delle tempistiche in modo da sapere quando l'aereo ha bisogno di essere controllato. Fai i tuoi check prevolo e controlla per sentire se c'è qualcosa di insolito. Tieni d'occhio il tempo e non correre rischi al momento dell'atterraggio nelle zone che non conosci... a meno che, naturalmente, non si tratti di un atterraggio di emergenza."

Kaley si fermò e si mise a ridere.

"Io non so perché ti sto dicendo tutto questo. Sai già tutto a memoria. Tu sei uno dei migliori allievi che abbia mai avuto."

Wow. Che complimento!

"Hai detto che torneranno domani sera?" chiese Kaley.

"In realtà, mi aspetto che Brady torni stasera. Rafe e Dan saranno a casa entro domani. Dovrò scoprire quando andranno via di nuovo, prima di programmare altre lezioni di volo. Ti manderò una e-mail così potremo organizzarci."

"Grandioso. Allora, ci siamo dette tutto."

Kaley controllò l'orologio e aggrottò la fronte.

"Oh, non avevo capito quanto fosse tardi. Devo rientrare, ho un'altra allieva più tardi nel pomeriggio che vuole praticare un po' di volo notturno. Mi prendo la bustina dei brownies e poi mi levo dai piedi."

Si alzarono entrambe e JJ prese il piatto di biscotti. Quindici minuti più tardi, si trovava sul molo a salutare Kaley, che, con la sua borsa piena di dolci in mano, allegramente entrava nel suo aereo galleggiante che era ormeggiato.

JJ fu colta da quella familiare vertigine di incredulità quando, pochi minuti dopo, vide l'aereo bianco salire in cielo. Presto l'aereo scomparve oltre le cime degli alberi vicini. Il rombo del motore si trasformò in un ronzio e poi i suoni della foresta presero il sopravvento.

Un vento morbido sussurrava attraverso i rami degli alberi di pino alle sue spalle. Un picchio bussò su un albero e le onde s'infransero contro la costa rocciosa e il molo.

JJ si abbracciò e si diresse di nuovo sul sentiero verso la casa. C'era ancora qualche faccenda da fare, la cena da cominciare a preparare e forse studiare un altro po' prima del ritorno di Brady.

Sospirò al pensiero del sesso rovente che avrebbe fatto quando i suoi uomini sarebbero tornati a casa. Ognuno di loro era eccezionalmente ansioso di soddisfarla dopo essere stato lontano da lei. Anche lei era ansiosa di trovare piacere nelle loro braccia e non vedeva l'ora che tornassero a casa.

Quel pensiero si disintegrò completamente quando aprì la porta della mudroom, la stanza dove i cowboy si cambiavano, e trovò Brady appoggiato allo stipite della porta del corridoio. La guardava in cagnesco. Le sue guance erano rosse. Sembrava incazzato.

Oh merda. E se fosse stato lì tutto il tempo? Aveva sentito la conversazione che aveva avuto con Kaley sull'aereo?

"Brady. Non sapevo che fossi tornato."

Lei lottò per controllare il tremito improvviso nella sua voce mentre entrava nella mudroom. Lo avrebbe scansato e sarebbe passata, ma lui non sembrava intenzionato a muoversi.

"Questo è evidente," ringhiò.

Sì, era sicuramente arrabbiato. Fronteggiò il panico mentre il suo stomaco si ribellava in un nervosismo insolito. Il senso di colpa la colse come uno schiaffo.

"E' quasi ora di cena. Ho degli avanzi, panini con bistecche con insalata di barbabietole e un po' di zuppa di porri fatta in casa. Non male, vero?"

Doveva comportarsi normalmente. Magari lui non aveva sentito niente. Forse era appena arrivato quando lei aveva salutato Kaley sul molo.

Brady si accigliò ancora di più. Per fortuna, si raddrizzò dal telaio della porta e si fece da parte per permetterle di passare. Lei gli passò accanto velocemente, evitando di guardarlo. Poteva sentire la tensione saettare nell'aria e stringersi intorno a lei come un lazo.

"Che ne dici di uscire in giardino e prendere un cespo di lattuga, un paio di pomodori e un cetriolo, così preparo anche una deliziosa insalata?"

"Che ne dici di dirmi cosa diavolo sta succedendo?" ringhiò Brady seguendola in cucina. Lei lo sentiva proprio dietro di sé mentre apriva il frigorifero per prendere il contenitore con la carne. Nonostante l'aria fredda che le soffiava contro, sentiva uno strano calore sapendo che lui le era così vicino.

"C-che vuoi dire?" chiese JJ sistemando il contenitore Tupperware sul piano di lavoro. Pensò che sarebbe stato meglio fare la stupida e scoprire quanto esattamente lui aveva ascoltato della loro conversazione.

" Perché la North Country Air era qui?"

Che sollievo.

"È questo che ti ha sconvolto? Kaley si è fermata per una visita. Ha sentito parlare dei miei brownies alla birra e ... "

Con un movimento improvviso che colse JJ completamente di sorpresa, Brady l'afferrò per il gomito e la girò verso di sé.

I suoi occhi erano ridotti a due fessure e aveva la preoccupazione dipinta sul volto.

"Perché stai mentendo, JJ?"

Ora era irritata.

"Forse non sono affari tuoi, Brady."

"Adesso lo sono, Jennifer Jane."

Wow. Lui non la chiamava per nome da non ricordava più quanto. La cosa era davvero seria.

"Brady, sono abbastanza grande per ricevere visite di amiche. Spero che tu non sia arrabbiato per questo."

"Non mi importa se vengono a trovarti delle amiche. Quello che mi ha fatto arrabbiare è stata la frase *gli aerei sono pericolosi*, e tutto il resto che ho sentito."

Accidenti, allora aveva sentito tutto. Le spalle di JJ si afflosciarono sotto il peso della sconfitta e con suo grande orrore, le guance avvamparono.

"Quanto esattamente hai sentito?"

"Direi tutto, sono tornato in anticipo. Ho pensato che fossi fuori per la passeggiata pomeridiana così ho messo l'attrezzatura nella mia stanza, mi sono sdraiato sul letto e mi sono addormentato. Mi sono svegliato quando ho sentito delle voci, sono entrato e..."

JJ tese la mano per zittirlo.

"Non ve l'ho detto perché non volevo che vi preoccupaste."

"Merda, donna. Preoccupati è un eufemismo. Volare *è* pericoloso. Mai sentito parlare di Amelia Earhart? Era una professionista e guarda cosa le è successo."

"Ci ho sputato sangue, Brady. Voglio farlo." Era sorpresa di quanto ferma e sicura fosse la sua voce.

Lo sguardo di Brady si ammorbidì e per un attimo lei pensò che lui avesse capito. Ma poi, scosse la testa.

"No, JJ. Io non lo permetterò."

Quello la colse alla sprovvista.

"Scusami? Non lo permetti?" Era incredula e lo guardava avanzare verso la macchina del caffè.

"Niente aerei, JJ. Fine della discussione." La sua voce era grave e definitiva mentre si preparava il caffè.

Il ragazzo parlava sul serio?

"Tu non hai voce in capitolo, Brady."

"Finché vivi qui, ho voce in capitolo. Finché sei la mia donna, ho voce in capitolo. Finché mi permetti di fare l'amore con te, ho voce in capitolo."

La mia donna? Fare l'amore con te? Non avere rapporti sessuali, ma fare l'amore? L'eccitazione le strinse il petto.

Si voltò. Sembrava frustrato mentre si passava una mano sulla barba corta che gli adombrava il volto.

"Brady ..." Avrebbe voluto discutere con lui, ficcargli in quella testaccia dura che non poteva decidere quello che lei voleva fare della sua vita.

"So che non ho il diritto di dirti cosa fare, JJ, so di non averlo. Diavolo, non voglio litigare. Continuavo a pensarti mentre ero lontano. Sei così bella, mi sei mancata da morire." Il tono caldo e profondo della sua voce le accarezzò i sensi come seta. Il suo sguardo *scopami-subito* le fece serrare le cosce e pulsare la vagina per il desiderio.

Tutti i suoi pensieri di discutere con lui si disintegrarono quando le mani di Brady si serrarono intorno alla sua vita come un ferro rovente. La prese in braccio, fece qualche passo e la mise a sedere sul piano di lavoro della cucina. Lei piantò le mani sul bancone per sostenersi e gemette alla vista del fuoco che lui aveva negli occhi.

In un lampo, le mani di Brady volarono al primo bottone della sua camicetta. I suoi respiri si fecero corti mentre lui velocemente la sbottonava.

"Nessuna discussione," sussurrò. "Ti voglio, piccola."

Il suo profumo maschio la dominava e lei si sentì impotente quando lui le aprì la camicetta e studiò i suoi seni coperti dal reggiseno. Un intenso calore la pervase alla vista dello sguardo affamato di Brady. Lui immerse le dita sotto le spalline e lentamente le fece scivolare lungo le spalle e oltre i gomiti, lasciando che il seno si muovesse libero dalle coppe di pizzo. Ci chiuse le mani intorno e lei gridò quando lui abbassò la testa. La sua bocca si attaccò al capezzolo destro. Un caldo insopportabile e la tensione erotica la fecero rabbrividire.

Brady la succhiò e la mordicchiò e la leccò. Il suo capezzolo pulsava mentre lui si muoveva verso l'altro. JJ avrebbe voluto pensare ma non ci riusciva. Solo piacere puro ed eccitazione.

Le sue labbra erano rosse e così erano i suoi capezzoli quando, istanti dopo, alzò la testa. La sua pancia nuda tremò quando le dita di Brady toccarono la sua carne mentre lui faceva scivolare le dita sotto la cintura dei pantaloncini. In pochi secondi, le tolse pantaloni e mutandine.

Brady cadde in ginocchio davanti a lei e JJ istintivamente allargò le gambe. Gli occhi del cowboy trasudavano desiderio e questo la rendeva piena di voglia di lui. Consapevole di quello che sarebbe accaduto, JJ si divertì a osservare ogni movimento di Brady in maliziosa attesa di quello che avrebbe fatto.

Gemette piano quando il volto del cowboy si avvicinò. La punta della sua lingua scivolò oltre le labbra vaginali socchiuse di lei e JJ tremò quando la sua bocca si fuse sopra il clitoride. La sua lingua andò sopra e intorno al clitoride, tracciando percorsi sensuali, e facendo esplodere il piacere nel suo basso ventre e tra le cosce.

La bocca di Brady si mosse più velocemente. Succhiò le sue labbra vaginali, con i denti torturò delicatamente la sua carne e con la lingua la bagnò. Le gambe di JJ si fecero molli e fremettero tormentate da quelle sensazioni. Ben presto JJ si lamentò di piacere e cercò di avvolgere le gambe intorno alla testa di Brady, ma erano troppo pesanti. I suoi polmoni rabbrividivano mentre respirava. Cercò di sollevare le mani dal piano di lavoro della cucina, ma lasciò perdere capendo che se lo avesse fatto avrebbe finito per cadere all'indietro.

Cadde nella disperazione.

"Brady, prendimi ora," sussurrò aspramente.

Lui continuò a divorare la sua figa come se non avesse sentito.

"Brady, ho bisogno di te ... Per favore," sibilò.

All'improvviso, lui si alzò. Era ancora completamente vestito! Lei gemette per la frustrazione.

Le palpebre di JJ erano così pesanti che riusciva a malapena a vederlo mentre le sue mani volavano verso la fibbia della cintura. Un attimo dopo, Brady si slacciò i jeans e ringhiò mentre cercava di far scivolare i pantaloni e i boxer lungo i fianchi. Poi si spostò di fronte a lei, afferrò un pacchetto di preservativi dalla tasca della camicia, e pochi secondi dopo era protetto.

Per quanto intense le cose tra loro potessero diventare, Brady era sempre ben preparato quando si trattava di protezione. Tutti e tre i ragazzi lo erano. Questo permetteva a lei di non preoccuparsi, di godere veramente del sesso che facevano senza pensare a proteggersi.

Si era aspettata qualche preliminare, baci erotici, qualche tenero tocco. Invece lui l'afferrò per i fianchi, e la tirò vicino al bordo del piano di lavoro. Lei rabbrividì e rimase a bocca aperta mentre lui premeva il suo grande cazzo nella sua vagina ultrasensibile. Quell'enorme pressione le toglieva il fiato. Sentiva la carne di Brady pulsare calda e dura dentro di lei. In un istante lui si ritirò e JJ rimase a bocca aperta quando il cowboy la penetrò di nuovo.

Brady la prese con forza, ancora e ancora. Era arrabbiato con lei. Incazzato perché lei gli aveva tenuto nascosto qualcosa di così importante come pilotare un aereo.

Spinse a fondo dentro di lei, come un pistone. Lei gemette e strinse i denti mentre la lunghezza dura del cazzo di Brady veniva abbracciata dai suoi muscoli vaginali stretti e caldi. Le sue labbra erano socchiuse e dolci, piccoli sussulti sfuggivano dalla sua bella bocca. Aveva gli occhi chiusi. I suoi seni nudi ballonzolavano e i suoi capezzoli erano rossi per la forza con cui Brady li succhiava.

E maggiore era la forza con cui lui la penetrava, più forti erano i suoi gemiti. I suoni sensuali di JJ gli accarezzavano i sensi, rendendo le sue spinte più veloci e portandolo più vicino al piacere che tanto desiderava.

Lei non aveva alcun diritto di mettere la sua vita in pericolo.

Accidenti a lei!

Diavolo, era così bella, così adorabile, e lui non poteva sopportare che le accadesse qualcosa. Ogni volta che era vicino a lei, non riusciva a smettere di guardarla. Anche adesso, mentre faceva l'amore con lei, voleva tenere gli occhi aperti e guardare il piacere spruzzarle il viso arrossato.

Il calore e la pressione gli stimolavano il cazzo mentre i muscoli dolci e caldi di JJ gli si serravano intorno.

Lei gli aveva rubato il cuore nell'istante in cui lui l'aveva vista per la prima volta. Brady gemette e il suo corpo s'irrigidì. Fu scosso da brividi incontrollabili, ma poi la sua rabbia svanì e lui si arrese alle ondate di piacere che gli esplodevano dentro.

3.

Rafe s'incurvò ancor di più nel giaccone quando il vento gelido gli sferzò la faccia. L'oscurità scendeva veloce e i fari del veicolo non illuminavano adeguatamente, a quella velocità. Ma lui non voleva rallentare. Aveva freddo e fame e il rifugio era ancora lontano.

Girando in velocità intorno a un'enorme buca, quasi straziò il manubrio e sterzò per evitare una roccia grande quanto una testa d'uomo che era rotolata sul sentiero da un terrapieno Dannazione, c'era andato vicino.

Ogni giorno, quando era fuori sui sentieri, Rafe non faceva che affrontare problemi. Poteva trattarsi di un albero caduto sul sentiero o di profonde fosse scavate dalla pioggia su una strada di fortuna.

Il giorno prima, aveva quasi investito un gigantesco alce che aveva deciso di fare un sonnellino pomeridiano proprio all'ingresso di uno dei pascoli verso i quali era diretto. Per fortuna, aveva visto il grosso animale scuro con le enormi corna appena in tempo per permettergli di fermarsi di colpo.

Sperava che non ci fossero altre sorprese. Quella era l'ultima notte che passava lontano da JJ. Aveva solo poche dozzine di capi di bestiame da spostare il giorno dopo e poi sarebbe tornato a casa. Era stata una buona cosa che avessero sistemato tutte le recinzioni lungo i sentieri tra i pascoli, perché quello avrebbe reso lo spostamento del bestiame molto più facile e veloce.

Rafe aggrottò la fronte al ricordo di quelle due carcasse che aveva trovato in uno dei pascoli. Le due mucche erano state uccise da un branco di lupi affamati. Purtroppo poteva capitare Era un rischio allevare Angus in un ambiente naturale non protetto.

Se il branco fosse diventato un problema troppo grosso, sarebbe stato necessario andare a cercare i lupi e portarli giù con la forza del fucile. Ma quelle carcasse sembravano vecchie di settimane e probabilmente i lupi avevano lasciato la zona.

Il suo stomaco brontolò e Rafe sospirò di sollievo quando vide la sagoma della vecchia baracca verso la quale era diretto. Il piccolo rifugio era stato costruito molti anni prima dai baroni del legname che avevano disboscato quella zona. Ora l'edificio veniva utilizzato da loro.

Rafe parcheggiò il suo veicolo, si lanciò lo zaino sulle spalle, afferrò il fucile e il piccolo frigo dal rimorchio, salì i gradini, attraversò il portico ed entrò nel rifugio che non era chiuso a chiave. Un'aria fredda e umida lo accolse e lui rabbrividì, desiderando di trovarsi a casa con un fuoco scoppiettante nel camino del soggiorno, a giocare a carte con Dan e Brady e lanciare occhiate a JJ mentre lavava i piatti o faceva il caffè.

Dannazione, gli mancava da morire. Lei era il loro punto di riferimento. Si prendeva cura di loro, cucinava benissimo, manteneva il ranch pulito e, mamma mia, era brava a letto. Lui non sapeva davvero dire che cazzo avesse fatto di tanto buono nella vita per meritare una donna così bella.

Gettò il fucile, il frigo e lo zaino sul tavolo di legno, prese alcuni fiammiferi dal contenitore impermeabile che tenevano in ciascuno dei rifugi della loro proprietà, aprì lo sportellino della stufa a legna e accese il fiammifero.

La piccola fiamma gialla gli permise di vedere i pezzi di giornale e la corteccia di betulla che spuntavano tra i ramoscelli secchi per l'accensione del fuoco e i ciocchi, che erano stati sistemati all'interno della stufa dall'ultimo di loro tre che era stato lì.

Facevano sempre in modo, prima di lasciare uno delle decine di capanni che avevano sparsi sulla loro proprietà, che la stufa fosse sempre piena di legna e pronta per l'uso. Rafe sorrise quando i legnetti di pino crepitarono e presero fuoco.

Subito chiuse lo sportello e regolò la canna fumaria così da far arrivare più aria nella stufa in modo che il legno bruciasse più velocemente Nel giro di un minuto, il calore gli intiepidì il volto e Rafe si fregò le mani fredde fino a quando non si furono riscaldate.

Poi si alzò e prese una padella in ghisa da uno degli armadi, mise la pentola sulla parte superiore della stufa, e si diresse verso la sua attrezzatura, che stava sul tavolo. Dal frigo prese il contenitore Tupperware grande con le parole *Rafe Domenica Cena* scritto sul nastro adesivo. Gli piaceva la scrittura femminile di JJ. Era libera e alla mano, proprio come lei.

Dal contenitore prese un pacchettino di stagnola e scoprì che conteneva uno strato di precotti a base di carne di orso salata. La tagliò a fettine sottili, la mise nella padella,a carne cominciò a friggere e il suono gli fece venire l'acquolina in bocca.

Trovò anche un po' di margarina con tre uova. La lasciò cadere nella padella, e quando si fu sciolta, ruppe le uova e le aggiunse. Gli venne l'acquolina in bocca mentre osservava il suo pasto scaldarsi e fare le bolle nella padella.

Pochi minuti dopo, si sedette al tavolo in mezzo a un paio di candele accese corte e bianche e si godette il pasto. Quando ebbe finito, mentre sorseggiava la birra ghiacciata che aveva recuperato dal suo zaino, pensò al lavoro rimasto da fare per il giorno dopo.

Ispezionando il perimetro di uno dei prati, aveva notato che una parte della recinzione era stata tirata giù da un albero caduto. L'albero doveva essere tagliato e quella recinzione doveva essere riparata prima del passaggio del bestiame in quella zona. Poi avrebbe messo le vacche in sicurezza e si sarebbe rimesso in viaggio verso casa.

Si appoggiò allo schienale della sedia e si guardò intorno. Una delle pareti era praticamente rivestita con letti a castello che potevano ospitare fino a una dozzina di boscaioli. I letti spartani sembravano scomodi, così messi insieme dopo aver assemblato qualche tavola di legno di pino. Rafe portava con sé c'era un piccolo materasso ad aria portatile Gli piaceva pensare al materasso come al suo comodo angolo di casa quando era lontano da casa Ma il materasso ad aria non era niente in confronto a quelli confortevoli che c'erano al ranch.

Pensando all'accogliente casa che avevano costruito nel mezzo della foresta, fu colto dalla nostalgiaCercò di concentrarsi a spolverare la sua bottiglia di birra, ma la solitudine di quel luogo lo face alzare.

Si era fatto troppo caldo dentro il rifugio, grazie alla stufa a legna. Era ora di prendere un po' d'aria fresca, così afferrò la sua bottiglia e uscì all'aperto. Laddove il freddo non era stato il benvenuto poco tempo prima, ora invece dava sollievo dal caldo che sentiva.

Un vivace vento rinfrescante di montagna gli fece riprendere fiato. Nel cielo, vide nastri misteriosi di luce verde e sorrise. L'aurora boreale gli avrebbe tenuto compagnia quella sera.

Rafe appoggiò i gomiti alla ringhiera di legno del portico, bevve un sorso di birra e il liquido fresco si fece strada nella sua gola. Da qualche parte, non troppo lontano, un lupo ululò.Il suono misterioso tagliò la quiete e lo fece rabbrividire.Un attimo dopo, giunse un grido di risposta.

Non passò molto tempo che vide due lupi grigi a zonzo oltre il capanno. Rafe pensò di andare dentro e prendere il fucile, ma poi decise di non farlo.Non aveva intenzione di uccidere i lupi a meno che non avesse la certezza che fossero quelli che avevano ammazzato le sue vacche.

Quando gli animali scomparvero nel buio della foresta, Rafe tornò a guardare l'aurora boreale e si sentì più solo che mai.

Merda, JJ gli mancava da morire.

"TU COSA?" GRIDÒ DAN quando lui e Brady si sedettero al tavolo da pranzo il pomeriggio successivo. Fissò JJ incredulo dopo quello che lei gli aveva appena rivelato.

Brady le rivolse un'espressione in pieno stile *te l'avevo detto* che avrebbe dovuto irritarla, ma era troppo stanca per reagire male perché lui l'aveva tenuta la maggior parte della notte a fare l'amore. Avevano dormito fino a quando il rombo del veicolo di Dan li aveva svegliati, quel pomeriggio.

Brady era saltato nella doccia e JJ si era precipitata fuori per preparare ai suoi due uomini un pranzo abbondante con l'insalata fresca dell'orto, patate al vapore e tonno in scatola.

"Sto imparando a pilotare un aereo. Ho preso lezioni da quando voi ragazzi ve ne siete andati e ieri, ho fatto volare l'aereo per la prima volta."

La bocca di Dan si spalancò e la fissò sorpreso.

Di tutti e tre i cowboy, Dan era il più divertente e rilassato, ma quando si trattava del benessere di JJ, allora diventava iperprotettivo come gli altri due.

"Terra a Dan. Hai sentito quello che ha detto JJ?" ridacchiò Brady agitando una mano davanti al viso dell'amico.

Alla fine, lui sbatté le palpebre La confusione gli aveva alterato i lineamenti.

"Scusa, ma ti ho proprio sentito dire che vuoi prendere il brevetto di pilota?"

JJ annuì, fece un giro e versò del caffè nella tazza di Dan.

"Kaley si sta interessando per trovare un aereo usato simile a quello che ha lei; uno che abbia gli sci in modo da poter atterrare sul lago ghiacciato in inverno, e i pontoni per poter atterrare sull'acqua in primavera, estate e autunno, e che abbia anche le ruote per poter atterrare negli aeroporti."

Dan guardò in su verso Brady e aggrottò la fronte.

"Sta scherzando, vero? Voglio dire, attacchi di panico, problemi di ansia e claustrofobia non vanno d'accordo con gli aerei."

"Terapia di esposizione, piccoli passi terapia cognitiva," disse JJ.

Il cipiglio di Dan si fece più profondo.

"Terapia cognitiva, ne ho sentito parlaredicono che può funzionare."

"Sì, può. Certo, richiede tempoSto imparando a pensare e reagire in modo diverso in certe situazioniKaley, laggiù alla North Country Air, mi sta insegnando la terapia cognitiva. Lei è un'istruttrice di volo con licenza. Kelly e Blue me l'hanno fatta conoscere. Kaley ha studiato psicologia, sa diverse cose sul panico, mi sta aiutando con la mia ansia e mi ha insegnato a volare. Ha migliaia di ore di esperienza di volo e si dice che sia uno dei migliori istruttori di volo del Nord Ontario."

Il volto di Dan era ancora alterato dalla confusione.

"JJ ha fatto questo alle nostre spalle per tutta l'estate," ringhiò Brady. Il ringhio rabbioso nella sua voce era tornato.

All'improvviso una luce si accese negli occhi di Dan.

"Allora è questa la ragione per cui sei tanto felice ultimamente. La libertà," disse Dan.

Brady incrociò le braccia sul petto e annuì.

"Sì, Rafe è stato il primo a notare che sembravi più contenta del solito," rispose Brady.

"E io che pensavo che fosse perché a JJ piaceva vivere qui." Dan continuava ad aggrottare le sopracciglia.

Avevano paura che li avrebbe lasciati? Erano tanto insicuri di lei?

"Se comprassi un aereo, gioverebbe agli affari," disse JJ a bassa voce mentre le idee su cui aveva fantasticato venivano fuori.

Sia Dan che Brady si raddrizzarono nelle loro sedie, apparentemente interessati a ciò che aveva da dire. Ah, una reazione interessante.

"Kaley mi ha detto che la North Country Air ha un nuovo proprietario I prezzi del trasporto e della consegna stanno per essere raddoppiati."

Dan e Brady imprecarono.

"Questo ridurrà di un bel po' i nostri profitti," sottolineò Dan.

"Mi rendo conto che è possibile detrarre le spese di trasporto e consegna dalle tasse. Con un aereo tutto nostro, però, potremmo controllare questi costi, uno per uno Ma ci sono anche altri vantaggi," disse JJ.

"Ad esempio?" la sollecitò Brady con gli occhi che gli brillavano di eccitazione.

"In molti casi, vi ci vorrà mezza giornata per arrivare dove dovete. Con un aereo galleggiante posso portarvi andata e ritorno con gli equipaggiamenti e i quad in una o due ore. Ci sono un sacco di laghi sparsi in tutta la vostra proprietà dove posso atterrare. In inverno, poi si possono cambiare i pontoni con gli sci Naturalmente, nei periodi in cui i laghi non sono ghiacciati è comunque possibile utilizzare le motoslitte. Che c'è? Perché sorridete entrambi?

"Vai avantiSentiamo cos'altro hai da dire," la esortò Dan.

JJ cercò di leggere l'espressione del volto di Brady, ma lui non diceva nulla mentre continuava a sorridere.

"A parte la possibilità di detrarre i costi dalle tasse, possedere un aereo ha altri vantaggi economici. Posso fare commissioni in città. Thunder Bay e altri centri hanno aeroporti comunali. Il noleggio di auto e camion negli aeroporti è facilmente accessibile, e poi li noleggiate comunque quando andate in città Abbiamo solo bisogno di una pista di atterraggio da quelle parti in modo da poter utilizzare le ruote per atterrare quando occorre."

"Stai dicendo che potremmo andare in città a prendere quello che ci serve senza ricorrere alla North Country Air? Che succederebbe se ti venisse un attacco di panico o di ansia e noi dovessimo fare un ordine in fretta?" chiese Brady.

JJ notò che la sua voce aveva assunto un tono professionale Significava che la stava prendendo sul serio.

"Potremmo usare la North Country Air solo a scopo di emergenza," suggerì Dan.

Brady scosse la testa e le speranze di JJ crollarono.

"Il discorso ha dannatamente senso," disse Brady.

"Ma?" chiese Dan.

"Volare è troppo maledettamente pericoloso," rispose Brady.

"No che non lo è," riconobbe Dan con un cenno del capo.

"E io non sono disposto a mettere la sua vita in pericolo solo per risparmiare un paio di dollari," mormorò Brady.

Si alzò e guardò JJ. Lui era in attesa che dicesse qualcosa ma lei non lo fece. Lo avrebbe semplicemente aspettato fuori. Brady si sarebbe schiarito le idee e poi lei avrebbe potuto di nuovo affrontare l'argomento un altro giorno.

JJ fu grata a Dan che rimase in silenzio, ma ebbe la sensazione di averlo già conquistato. Fuori uno, ora ne mancavano due.

"LA CENA ERA FANTASTICA come sempre, JJ," disse Brady dandosi una pacca sulla pancia e sorridendole. Il suo complimento la inorgoglì. Dalla loro ultima conversazione nel corso della giornata, Brady e Dan erano tornati alle loro faccende come al solito. Nessuno dei due aveva riaffrontato la questione dell'aereo.

Lei *aveva* davvero fatto volare un dannatissimo aereo!

Per un breve periodo era stata una delle più belle sensazioni che avesse mai provato, di totale appagamento, fino a quando i ragazzi non l'avevano riportata alla realtà. Magari lei non sarebbe mai stata affidabile, soprattutto a causa dei suoi problemi di ansia, che purtroppo cominciavano a rifarsi vivi?

Rafe era in ritardo, e lei aveva sempre la sensazione che qualcosa non andasse. L'area della proprietà dove lui lavorava era la più lontana dal ranch, ma avevano calcolato che sarebbe dovuto tornare al più tardi alle tre, anche se fosse partito in ritardo. Ora erano le sei, era buio, freddo e ventoso, e le previsioni davano pioggia.

"Terra a JJ," sussurrò Brady. Non si era nemmeno accorta che le stava davanti, tanto era preoccupata.

"Ehi, tesoro, Rafe tornerà. Non è la prima volta che è in ritardo. Forse ha avuto un guasto al quad o forse ha scoperto che c'era più lavoro del necessario."

"O forse sta male. O è ferito. Sei riuscito a contattarlo tramite il telefono satellitare?" chiese.

All'inizio della primavera, dopo che Dan era rimasto ferito, i ragazzi avevano investito in un sistema di telefonia satellitare. Ma c'erano zone della proprietà in cui non c'era ricezione, in particolare nei pascoli circondati da grandi colline. La linea cadeva spesso maera meglio di niente.

"Nessuna risposta, ma questo non vuol dire nulla," la rassicurò subito Dan.

"Se avesse deciso di passare fuori un'altra notte, avrebbe trovato una zona dove il telefono funzionava e ci avrebbe inviato un messaggioNon ci farebbe preoccupare. So che non lo farebbe, a meno che non gli fosse accaduto qualcosa di brutto," dichiarò JJ con fermezza.

Non le sfuggì lo sguardo "lei ha capito" che si scambiarono i ragazzi.

La sua ansia aumentò. Oh, perché non c'era una pozione magica o una specie di terapia di esposizione per aiutarla a reagire in modo diverso quando era preoccupata per i suoi ragazzi?

"È un'area piuttosto grande per un quad," disseDan.

"Potrebbe essere ovunque in quella zona." Brady non sembrava troppo ottimista.

"Un aereo in volo alle prime luci del giorno ci sarebbe di aiuto," sbottò JJ. Lei non aveva intenzione di permettere a se stessa di perdere la speranza. Sapeva che Rafe era nei guai e prima lo avessero trovato, meglio sarebbe stato.

All'improvviso Brady si alzò.

"Chiama la North Country Air e chiedi un aereo e chiama anche l'unità di emergenza al ministero," ordinò Dan.

"Ci sto lavorando. Mentre mi occupo di questo, prendo anche le mappe. Prendiamo le macchine stasera prima che inizi a piovere e controlliamo se si trova in uno dei rifugi della zona. Mi pare che ce ne siano tre."

Brady annuì.

"Vado a prendere anche le provviste," disse.

"Va bene," rispose Dan e si avviò lungo il corridoio verso l'ufficio.

"Vengo con te," disse JJ prendendo un barattolo di burro di arachidi da un armadio.

"No, qualcuno deve rimanere qui e coordinare le operazioni di salvataggio. Non hai dimestichezza con il quad sui sentieri di notte. Dan e io possiamo coprire un'area maggiore se ci dividiamo.Se porto te anziché lui, ci vorrà più tempo perché sarò preoccupato per te," disse Brady.

"Me la sono cavata piuttosto bene di giorno con i quad le poche volte che sono uscita con voi tre, Brady. Posso fare altrettanto bene di notte," insistette cominciando a spalmare il burro di arachidi sui panini fatti in casa che aveva preparato quel pomeriggio. Ma in fondo sapeva che lui aveva ragione

"Stiamo perdendo tempo a discutere," brontolò Brady. Andò al frigo e tirò fuori il barattolo di marmellata di fragole per lei. In pochi secondi, stava preparando un caffè e prendendo diversi thermos.

JJ aveva la brutta sensazione che quella sarebbe stata una lunga notte piena di preoccupazione. * * * * *

Rafe tremò mentre i brividi infuriavano dentro di lui. Giaceva sul pavimento appena dentro la porta d'ingresso del capanno, che si stava raffreddando rapidamente. Una miriade di punti neri danzava davanti ai suoi occhi, e man mano che il giorno moriva, lui si sentiva più debole. Quella mattina presto era uscito per prendere della legna da accensione e aveva notato che la legna di emergenza si stava esaurendoAveva preso la scure dall'interno del capanno ed era tornato fuori per tagliare alcuni ciocchi.

Aveva quasi tagliato abbastanza legna per chiunque avrebbe utilizzando il capanno dopo di lui, quando a metà colpo, un forte urlo nelle vicinanze lo aveva fatto sobbalzare. Aveva così colpito il bordo del ciocco, la scure era rimbalzata, la lama era piombata verso il basso e gli aveva procurato un profondo taglio nella gamba.

Il dolore bruciante era stato immediato, brutale e invalidante Rafe era caduto, aveva colpito il terreno con una tale forza e violenza che aveva sbattuto la testa contro una parete del rifugio e un dolore lancinante gli aveva fatto vedere le stelle.

A malapena era riuscito a non perdere i sensi e capire che stava perdendo troppo sangue dalla ferita alla gambaLe forze lo stavano abbandonando rapidamente. Con mani tremanti, era riuscito a togliersi la cintura dei pantaloni e a utilizzarla come laccio emostatico, fissandola proprio sopra il brutto taglio. Poi tutto era diventato nero

Rafe non aveva idea di quanto tempo fosse rimasto privo di sensi. Abbastanza a lungo, perché quando si era svegliato il sole era alto nel cielo e due lupi grigi erano in piedi a pochi passi da lui. Le loro luccicanti zanne bianche erano scoperte e gli ringhiavano. Le bestie erano tra lui e il quad dove aveva stupidamente lasciato il suo telefono satellitare.

Si era aspettato che i lupi lo sbranassero mentre tentava di raggiungere l'ingresso del rifugio, ma non era accadutoAvevano annusato l'aria con il naso bianco e lo avevano seguito. Rafe sapeva che stavano fiutando il suo sangue e sapeva che se fosse rimasto lì ancora un po', sarebbe diventato la loro cena.

Con una scarica di adrenalina, riuscì a trascinarsi su per le scale del capanno ma aprire la porta fu un'autentica impresa. Fu colto da vertigini e svenne più volte solo cercando di raggiungere la maniglia della porta. Ogni volta che rinveniva, lo coglieva un mal di testa martellante, un dolore lancinante alla gamba destra, e restava sorpreso che i lupi non lo avessero ancora fatto a pezzi.

Quando calò il crepuscolo, riuscì ad aprire la porta ma lo sforzo per entrare e chiudersi dentro futroppo per luiOrmai privo di forze, rimase sul gelido pavimento di assi di pino e fissò il soffitto.

Oddio, era davvero nei guai.

I suoi pensieri andarono subito a JJ. Si sarebbe così preoccupata non vedendolo tornare. Diavolo, lui non voleva che si preoccupasse. Aveva già avuto così tanta merda da affrontare nella sua vita che non voleva che lei affrontasse anche la sua morte.

Il dolore alla testa si fece più intenso e i suoi pensieri sempre più neri. Sarebbe morto lì? Lo avrebbero trovato, magari dopo chissà quanti giorni?

Sapeva che avrebbero cominciato a cercarlo alle prime luci dell'alba. Avrebbero capito che era nei guai perché non aveva inviato un messaggio. Avrebbero immaginato che il tempo non era dalla loro parte e che gli restava poco da vivere? I suoi amici sapevano che lui avrebbe inviato un messaggio se avesse ritardato. Rafe sapeva che non volevano che JJ si preoccupasse. Ormai dovevano aver capito che era nei guai. Oh, JJ si sarebbe così infuriata se fosse morto.

La dolce JJ. La sua bella donna. L'amava così tanto che non riusciva a ricordare come fosse riuscito a vivere senza di lei nella sua vita.

"Resisti, Rafe. L'aiuto sta arrivando. Non mi lasciare, Rafe." Un forte sussurro di JJ aleggiò nel buio e lo svegliò.Nastri di dolore lo avvilupparono, brividi lo scossero.

"JJ?" gridò, pieno di speranza che forse lei lo stava chiamando dall'esterno della capanna. Ma la sua voce era nulla più di un rantolo. La sete gli bruciava la gola.

Non giunse rispostaIl silenzio calò su di lui come una coperta soffocante.

Merda. Quello era davvero un brutto modo di morire.

4.

"**M**entre stiamo qui a discutere con te, JJ, perdiamo tempo prezioso," ringhiò Dan.

Sorpresa e irritata, JJ guardava Dan e Brady caricare l'attrezzatura sui rimorchi che avevano attaccato ai loro quad.

"Bene, merda, ragazzi. Se avessimo il nostro aereo, saremmo già sul lago più vicino alla zona in cui Rafe sta lavorando."

Dal modo teso in cui la guardarono, JJ capì che la sua stoccata aveva fatto male.

Avrebbe voluto rimanere tranquilla e aveva accettato il fatto che Brady e Dan volevano che rimanesse lì ad aspettare che arrivassero i soccorsi. Ma restare a casa la faceva sentire impotente. Dan era stato informato che il giorno dopo non sarebbero arrivati i soccorsi. Tutte le risorse erano state impegnate in una serie di emergenze.

Un elicottero di soccorso era alla ricerca di un gruppo di campeggiatori dispersi in un parco provinciale a nord di Thunder Bay. C'era un grave tamponamento a catena a causa della nebbia sulla principale autostrada Trans-Canada e gli elicotteri di soccorso erano lì, che portavano via i feriti. E lottavano contro l'incendio scoppiato in una foresta al confine Manitoba-Ontario dove il resto degli elicotteri di soccorso aveva portato i vigili del fuoco. Ma a Dan era stato assicurato che avrebbero mandato il primo elicottero di soccorso disponibile. Probabilmente non prima di quarantotto ore, quando i piloti sarebbero stati tutti troppo stanchi.

Dan aveva chiamato anche il nuovo proprietario della North Country Air per chiedere aiuto, ma lui non aveva potuto mandare aerei per le ricerche perché la loro licenza di soccorso era scaduta.

Non sarebbero arrivati aiuti da nessuna parte.

Accidenti! Quella stessa sensazione orribile di impotenza l'aveva sperimentata la primavera prima quando Dan era scomparso e tutto intorno a lei era andato in frantumi.l'ansia l'attanagliò come un serpente orribile. Sentiva che la sua mente cominciava ad andare fuori controllo e cadere vittima del tanto familiare panico.

Non era il momento di cedere all'angoscia, almeno non davanti a Brady e Dan. Se avessero capito che era in preda al panico, uno di loro sarebbe rimasto lì e lei aveva bisogno che andassero in cerca di Rafe entrambi.

"Per favore, JJ, resta qui e presidia il telefono satellitare in caso che Rafe chiami. Se dovesse tornare, faccelo sapere. Quando lo troviamo, ti chiamiamo," disse Brady.

Il suo volto e il tono si erano addolciti, ma Dan continuava ad avere uno sguardo torvo. JJ annuì e si allontanò dalle macchine.

Pochi istanti dopo, Brady e Dan ruggivano fuori sul sentiero principale, le luci posteriori rosse scomparvero dietro la fitta nebbia bianca che ricopriva il ranch e le zone circostanti.

L'umida e fredda aria autunnale aggredì JJ mentre attraversava di nuovo il cortile verso la casa. La paura per l'incolumità di Rafe le fece salire le lacrime agli occhi e mentre entrava nella mudroom sentì il telefono squillare.

Rafe?

Il cuore le martellava nel petto mentre si affrettava lungo il corridoio e correva in ufficio per prendere la chiamata. *Speriamo che non sia troppo tardi.*

RAFE SI SVEGLIÒ AL suono di un urlo. Lo scosse come un colpo di fulmine e aprì gli occhi. Fu accolto da un nastro di luce lunare che brillava attraverso una delle due finestre della capanna. L'urlo si ripeté e si rilassò quando ne riconobbe il suono.

Era di un gufo. Non era il classico verso dell'animale ma uno strillo che accompagna un gufo in calore.

Merda. Cosa non avrebbe fatto per tornare a casa tra le braccia di JJ Rafe deglutì quando le lacrime cominciarono a pizzicargli gli occhi. Le emozioni sgorgavano dal petto e aveva voglia di piangere. Voleva battere i pugni e chiedere che cosa diavolo avesse fatto di male perché la sua vita finisse in quel modo.proprio il giorno prima... o forse era stato il giorno prima ancora, aveva pensato a quanto fosse fortunato ad avere JJ, quel ranch e buoni soci e amici come Dan e Brady.

Diavolo, le cose potevano cambiare in un istante. Questo gli fece capire che la vita era troppo preziosa. Di sicuro se lo sarebbe ricordato... se ne fosse uscito vivo.

Tremò sotto un altro assalto di brividi.

Febbre. La gamba doveva essersi infettata. Doveva allentare il laccio emostatico o avrebbe bloccato la circolazione del sangue.cercò di rotolare su un fianco per raggiungere più facilmente la cintura ma non ci riuscì per quanto si muovesse.

Era fottuto. Da qualche parte là fuori uno strano suono ruppe il silenzio. Un motore?

Stava cominciando ad avere le allucinazioni? Molto probabile. Drizzò le orecchie ma non sentì nulla, se non il suo respiro pesante. Cercò di tenere a freno i suoi rantoli dolorosi e per qualche breve attimo ci fu silenzio.

E poi qualcosa.

Là. Un motore? Un aereo forse?

Se solo avesse potuto uscire fuori, mettere insieme qualche legnetto e accendere un fuoco che segnalasse la sua presenza.

La voglia di farlo era così forte che in realtà si immaginò in piedi di fronte a un muro di fuoco. Il calore lo invase, il viso avvampòIl sudore gli colava negli occhi e Rafe sbatté le palpebre

"Ehi, felice che tu sia finalmente sveglio. Che diavolo ti è successo?" La voce di Dan arrivava attraverso le fiamme arancioni.

Rafe si sentiva disorientato. Perché sentiva Dan? Cosa stava succedendo? Poi il buio calò su di lui e tutto divenne silenzio.

"La ferita è infetta. Dobbiamo cauterizzarla."

Diavolo, era Brady che parlava? Rafe capì che doveva essere in preda alle allucinazioni. Doveva essere così.

All'improvviso il volto di Brady si presentò alla sua vista. Stava sorridendo. Era un sorriso tirato. Era preoccupato?

"Va tutto bene, amico. C'è un aereo di salvataggio che arriverà prestoTutto quello che dobbiamo fare è issarti su questa barella, tornare al lago e salire sull'aereo, ma ti farà un male cane quando ti muoveremo," disse Brady.

"Ma tu ce la puoi fare, vero Rafe?" Anche Dan era lì, adesso.

Lo avevano trovato!

Emozioni intense e crude lo pervasero all'improvviso, e calde lacrime offuscarono la vista di Rafe. Oh merda, stava per perdere il controllo, stava per mettersi a piangere come un bambino.

"Dan, afferralo sotto le braccia, io lo prenderò per le gambe. Mani forti gli scivolavano sotto le ascelle, altreintorno alle caviglie.

Merda, allora non stava sognando. Stava accadendo davvero.

"Al mio tre," disse Brady.

"Uno."

Rafe si preparò.

"Due."

Diavolo, non era un bambino. Quanto male poteva fare? Certamente non più di quello che aveva già sopportato.

"Tre."

Un dolore lancinante quasi lo spezzò in due quando gli amici lo sollevaronoUrlò. La vista gli si offuscòPoi più nulla.

POSSO FAR ATTERRARE questo aereo. Devo. Per Rafe.

Le spalle di JJ erano così tese che lei era pronta a scommettere che, se qualcuno le avesse dato una pacca, sarebbero andate in mille pezzi. I suoi nervi crepitavano per la tensione mentre guardava fuori dal finestrino e osservava oltre il profilo della foresta. Raffiche di vento battevano contro l'aereo facendolo oscillare avanti e indietro.

Merda! Perché aveva permesso a Kaley di convincerla a volare?

Ancora non riusciva a credere che quando aveva preso il telefono, Kaley aveva sentito il suo nuovo capo lamentarsi di non avere la licenza necessaria per inviare un aereo a fare una ricerca e a prestare soccorso.

Su ulteriori domande, Kaley aveva scoperto che la chiamata proveniva dal Moose Ranch. Si era alzata in volo nel giro di un'ora e aveva raggiunto il ranch prima delle prime luci dell'alba. Da allora, erano passate sette ore da quando Brady e Dan erano partiti. Durante quel periodo JJ aveva ricevuto la chiamata di Brady e aveva saputo che avevano trovato Rafe e che era ferito.

Le sue viscere si erano contorte per l'angoscia nell'apprendere quella notizia ma lei era riuscita a mantenere il controllo e a comunicare a Brady che Kaley stava arrivando con il suo aereo. Lui le aveva fornito le coordinate e controllando la carta topografica, JJ aveva scoperto che c'era un lago vicino dove potevano far atterrare l'aereo e recuperare rapidamente Rafe.

Kaley aveva insistito che fosse JJ a pilotare l'aereo per via del fatto che lei non dormiva da oltre venti ore. Aveva detto che non era abbastanza vigile per fare un atterraggio di salvataggio, ma a JJ Kaley non era sembrata troppo stanca. Con riluttanza, JJ aveva accettato di volare sotto la supervisione dell'istruttrice ma cosa sarebbe successo se avesse fatto qualcosa di sbagliato? E se l'aereo si fosse schiantato nel lago?

Lei aveva fatto atterrare un aereo solo una volta.

"Ecco il lago. Più piccolo di quanto pensassi," borbottò Kaley controllando la bussola e poi indicò fuori dal finestrino una zona in basso che sembrava essere una pozzanghera nera, i cui margini erano avvolti in una nebbia bianca.

Buon Dio! Come avrebbe fatto a far atterrare l'aereo su quella pozza d'acqua? Sarebbe andata alla cieca perché era ancora troppo buio.

"Inclinati a sinistra e abbassati, così possiamo vedere meglio se ci sono ostacoli nell'acqua," la istruì Kaley.

"Non c'è praticamente visibilità e poi non è troppo buio?" JJ rimase a bocca aperta mentre cominciava a girare intorno e a scendere di quota lentamente.

"È sempre un rischio atterrare in un posto che non conosci. Il cielo si schiarirà presto e per quando avrai terminato un paio di giri vedrai abbastanza bene da poter atterrare."

La sicurezza della donna la irritava. Quasi fissò la sua istruttrice, come se questa fosse pazza. Non con la luce che avevano a disposizione.

JJ tenne la bocca chiusa. Poteva solo sperare che Kaley sapesse di cosa stesse parlando.

Buon Dio! Con tutti quegli anni di esperienza, lei doveva necessariamente sapere di cosa stesse parlando!

Passarono diversi minuti durante i quali JJ eseguì ulteriori istruzioni, portando l'aereo più in basso.

"Io non vedo niente," mormorò Kaley.

No, merda.

"Va bene, gira verso l'altra estremità del lago e abbassati al centro. Secondo la mappa topografica il lago non è profondo. Sembra non ci siano nemmeno isole. Dovresti avere abbastanza spazio per un atterraggio sicuro."

Non ci sono isole? A quello non ci aveva nemmeno pensato.

"*Dovrebbe* esserci abbastanza spazio?" JJ rimase a bocca aperta. *Oh mio Dio!*

"Ehi, dolcezza. Nulla è mai sicuro al cento per cento. Facciamo del nostro meglio in qualunque circostanza, va bene?"

JJ annuì vigorosamente, sentendo di nuovo il panico riaffacciarsi.

"Puoi farcela. Ho la massima fiducia in te."

Beh, almeno *qualcuno* le dava fiducia. JJ si leccò le labbra secche e si schiarì la gola. Girò di nuovo l'aereo e scese di quota. Abbassò lo sguardo, totalmente sorpresa che la nebbia stesse diminuendo e che il lago avesse cambiato aspetto da uno stagno nero a uno specchio d'acqua color argento di circa mezzo miglio per un quarto di miglio.

"Non dovrei raddrizzare?" chiese JJ.

Il limite del bosco si avvicinava. Era sempre più vicino. Sulla fronte le spuntarono gocce di sudore.

"Stai andando bene, JJ. Continua a scendere."

Oddio, tutto quello era una vera follia. Se si fosse abbassata ancora avrebbe raggiunto e toccato le cime degli alberi che si agitavano.

Un vento di traverso colpì l'aereo spingendolo lateralmente. JJ imprecò.

Kaley ridacchiò. "Tipico dei principianti," disse guardando l'amica con un sorriso.

"Senza offesa."

JJ si rifiutò di rispondere. Kaley doveva essere ammattita - o forse aveva solo istinti suicidi?

L'adrenalina pompò ansia nelle sue viscere come un pistone impazzito. Il suo cuore martellava a folle velocità nel petto. La sorpresa la colse quando il sole brillò fuori dal parabrezza, accecandola per un momento. A est, il sole fece capolino sopra le torreggianti cime degli abeti, gettando una luce argentea sopra il cielo. Improvvisamente Kaley si raddrizzò sul sedile, pienamente vigile.

"Va bene, non sarà semplice perciò ho bisogno che tu segua le mie istruzioni senza discutere. Fa' finta che io sia il quadro di comando. Fidati di lui prima che di te stessa. Ricordi che te l'ho detto durante le lezioni, vero?"

JJ annuì.

Molti piloti si schiantavano al suolo con i loro aerei volando al buio o nella nebbia perché si fidavano del loro istinto convinti che l'aereo salisse mentre in realtà stava scendendo di quota. Per questo, fin dalla prima lezione di volo, a JJ era stato detto e ripetuto di fidarsi delle strumentazioni.

"Va bene, inclinati di dieci gradi a destra," le ordinò Kaley.

JJ trattenne il respiro e fece come le era stato indicato.

"Va beneBene. Abbassati ancora un po'."

Oh ragazzi, JJ sperava che Kaley sapesse quello che stava facendo.

Sentendo il rumore di un aereo in avvicinamento, Brady gridò a Dan di accelerare il passo dall'estremità opposta della barella. Portare Rafe li rallentava tremendamente. Nell'area intorno al lago, che era a circa un quarto di miglio dalla capanna, i boschi erano molto fitti e non c'erano sentieri. I sottili rami degli alberi gli sferzavano il volto e, davanti a lui, Dan imprecava.

Quando avevano trovato Rafe, privo di sensi e sanguinante sul pavimento della capanna, avevano subito cauterizzato la brutta ferita, e avevano cercato di idratarlo e tenerlo al caldo. Ma Brady sapeva, dal pallore del volto di Rafe e dal suo respiro irregolare, che dovevano portarlo in ospedale.

Brady aveva trovato una zona in cui il telefono satellitare funzionava e aveva tirato un sospiro di sollievo quando JJ gli aveva detto che la sua istruttrice di volo della North Country Air stava andando al ranch. Aveva dato a JJ le loro coordinate.

Più tardi, aveva salutato di nuovo la sua donna e la pilota lo aveva informato che avrebbero potuto atterrare sul lago più vicino alle prime luci del giorno.

Accidenti, JJ *aveva* ragione, il Moose Ranch aveva bisogno di un aereo. Nelle condizioni di Rafe, avrebbero corso un grosso rischio a caricarlo su un rimorchio e condurlo per ore sui sentieri. Il viaggio avrebbe potuto ucciderlo.

"Vedo il lago. Prosegui dritto," gridò Dan.

Dalla barella di fortuna, Rafe gemette. Il suo volto era mortalmente bianco contro il buio della foresta, e lo stomaco di Brady si contorse in preda all'ansia.

Il rombo dei motori appena sopra di loro lo fece sobbalzare.

Uscirono dalla boscaglia giusto in tempo per vedere i grandi pontoni bianchi dell'aereo toccare le acque del lago. Diavolo, quella pilota sapeva il fatto suo. Arrivò morbida e lenta fino al centro del lago, colpendo l'acqua con un'enorme spruzzata e costringendo uno stormo di oche canadesi a spiccare il volo, gracchiando a più non posso per essere state disturbate.

Dan e Brady guardarono l'aereo che si muoveva verso l'altra estremità del lago e faceva una curva stretta.

"Ci stanno cercando," commentò Dan.

Brady prese la maglietta bianca che si era tolto nel capanno sapendo che avrebbero avuto bisogno di qualcosa che potesse segnalare la loro presenza all'aereo, e iniziò freneticamente ad agitarla. Dan prese alcune rocce delle dimensioni di una pallina da tennis e le gettò in acqua. Speravano che lo sventolio della maglietta e gli schizzi provocati dai sassi attirassero l'attenzione del pilota.

Il telefono squillò e Brady lo prese.

"Vi abbiamo individuati. Arriviamo." Era la pilota, Kaley.

"È stato un grande atterraggio," riconobbe Brady.

"È stato possibile grazie a JJ. Ha fatto atterrare lei l'aereo."

Brady rimase sbalordito, sorpreso e inorgoglito.

Dannatamente incredibile. Come diavolo aveva fatto JJ a far atterrare un aereo in quelle condizioni tremende?

"Orario stimato di arrivo. Un minuto. Fuori." Il telefono si zittì e Brady lo rimise nella fondina. La rabbia lo colse e riusciva a malapena a pensare, mentre guardava l'aereo rombare in avvicinamento. Il lago non sembrava avere detriti che potessero intrecciarsi con i pontoni giganti, ma le ali avrebbero impedito a JJ di avvicinarsi troppo alla riva, così cercò di capire come riuscire a portare Rafe a bordo senza muoverlo troppo. In particolare, voleva tenere la gamba di Rafe fuori dall'acqua, ma forse non sarebbe stato possibile.

Dalla sua posizione privilegiata, poteva vedere chiaramente JJ. I suoi lineamenti erano contratti mentre si concentrava sul rallentamento dell'aereo. Pochi secondi dopo i motori si spensero e la foresta cadde di nuovo nel silenzio.

Dopo un attimo, il portellone si aprì e apparve Kaley. Li salutò e poi gettò un oggetto giallo, delle dimensioni di una grande scatola, fuori dall'aereo. Questo atterrò in acqua con un tonfo e seguì un forte sibilo. L'oggetto si trasformò in un gommone che si gonfiò rapidamente.

Wow! La ragazza era venuta preparata. Un istante dopo, Kaley si gettò nel gommone con un remo in mano.

Okay, forse lui non avrebbe dovuto incazzarsi tanto con la pilota. Sembrava che sapesse quello che stava facendo. A un tratto si rese conto che quella donna, con i suoi anni di esperienza, e con il fatto di essere un'istruttrice di volo, poteva avere davvero un'influenza positiva su JJ. Diavolo, forse JJ sapeva il fatto suo, dopotutto. Ma che fosse dannato, non lo avrebbe ammesso, almeno per il momento.

5.

Doveva fare un corso di primo soccorso, pensò JJ mentre giaceva sul letto d'ospedale accanto a Rafe e fissava la finestra. La pioggia batteva contro i vetri, facendo rumore ma Rafe era addormentato a causa dei farmaci per il dolore che il medico gli aveva prescritto.

Per fortuna, non era stato necessario un intervento chirurgico, ma il ragazzo aveva subito una trasfusione per via dell'eccessiva perdita di sangue. Gli avevano dato anche molti antibiotici forti per combattere l'infezione.

Dan e Brady le avevano spiegato come avevano trovato Rafe. Le luci dei loro quad avevano illuminato le tracce fresche degli pneumatici del veicolo dell'amico lungo un sentiero laterale, e lo avevano trovato piuttosto rapidamente una volta resisi conto che le tracce li stavano conducendo verso il capanno di quella zona. Se avessero aspettato l'alba per iniziare le ricerche, la pioggia avrebbe rallentato le operazioni di salvataggio.

JJ alzò al Cielo un'altra preghiera di ringraziamento. Probabilmente era la centesima da quando erano arrivati in ospedale due giorni prima. Da allora, non aveva lasciato il capezzale di Rafe se non per prendere qualcosa da mangiare, che non era stato molto. Lei semplicemente non aveva appetito da quando aveva visto la figura inerme di Rafe in quella zattera di salvataggio.

Con quale velocità potevano accadere eventi negativi e quanto ciò distruggeva la sua sicurezza, sapendo che la vita di tutti i giorni sarebbe comunque andata avanti nonostante quel che poteva succedere. Nulla era scontato. Tutto poteva cambiare, in bene e in male.

Non era sicura di come avrebbe potuto vivere serenamente sapendo che tutto quello che aveva - i suoi cowboy sexy, il loro ranch e tutta la sua vita lì – sarebbe potuto svanire in un batter d'occhio.

Un tocco improvviso sulla mano la destò dai suoi pensieri e vide tre mazzi di fiori e tre donne.

La colsero di sorpresa. Alcune delle pilote della North Country Air erano venute in ospedale per una visita!

Blue, Kaley e Kelly!

JJ si mosse per alzarsi dal letto, ma le donne scossero la testa esortandola a rimanere.

"Ciao ragazze, grazie mille per essere passate. Questi fiori sono bellissimi," disse JJ mentre le amiche li sistemavano sul vicino davanzale della finestra.

"Ehi, questo posto aveva bisogno di essere abbellito," disse Kelly con un sorriso.

"Sì, soprattutto quando hai per le mani un cowboy ferito e sexy da morire. I fiori sono una bella distrazione quando lui è profondamente addormentato," disse Blue facendo l'occhiolino a JJ.

"Come sta?" chiese Kelly a bassa voce.

"Ha subito una commozione cerebrale per via di una caduta e sembra che stesse tagliando della legna in uno dei rifugi e in qualche modo la lama della scure gli è finita nella gamba. Gli hanno fatto una trasfusione, ma si aspettano un recupero completo. Il medico ha detto che avrà bisogno di un po' di fisioterapia per recuperare la funzionalità dell'arto."

"Hmm, non mi sembra il tipo che resterà qui a fare fisioterapia," commentò Blue con un cipiglio. Fissò Rafe e i lineamenti si ammorbidirono.

"Si è svegliato?" chiese Blue.

"Qualche volta, non per molto però. I farmaci gli danno sonno," rispose JJ.

"Dove sono Brady e Dan? Sono tornati al ranch?" chiese Kelly.

"Sì, c'è tanto lavoro da sbrigare. Dicevano di sentirsi inutili qui così ho detto loro di andare a casa."

Le tre donne annuirono.

"Oh, e tanti complimenti per quell'atterraggio," esclamò Blue all'improvviso con un sorriso enorme.

"Sì, Kaley ha detto che sei atterrata su quel piccolo lago come una vera professionista," si complimentò Kelly.

"A dire il vero, ho detto che era meglio di una professionista. Lei è un talento naturale. Ora, se potesse fare qualche altra lezione di volo, o meglio ancora ..." Kaley strizzò l'occhio a Kelly, poi tornò a rivolgere la sua attenzione a JJ.

"Può anche iniziare a volare da sola. Dopo aver fatto abbastanza ore di volo puoi fare l'esame per il brevetto di pilota privato. Secondo me non avrai problemi a ottenerlo, e poi ti basterà aspettare di avere abbastanza ore di volo per prenderti il brevetto professionale e forse volare per la North Country Air."

JJ fu colta dal panico e scosse la testa. In nessun modo poteva essere pagata per volare. Lei non era affidabile con i suoi problemi di ansia.

"Ho paura che i miei giorni di volo siano finiti per ora. Ho un cowboy malato di cui occuparmi e devo aiutare a portare avanti il ranch. Forse troverò più tempo la prossima primavera."

"Ti stai tirando indietro?" chiese Kaley con una voce ferma che irritò JJ.

Cercò di distogliere lo sguardo da quello provocatorio di Kaley, ma non ci riuscì. Quello che vide negli occhi della sua istruttrice di volo era una sfida diretta.

"Come ho già detto in diverse occasioni durante le nostre sessioni di addestramento, posso solo mostrarti la strada, tesoro, ma sta a te decidere se percorrerla o meno," inferì Kaley.

JJ sospirò. Kaley aveva ragione, lei stava usando Rafe e il ranch come scusa per evitare di raggiungere il suo obiettivo.

"Va bene, non appena Rafe sarà a casa e potrà essere lasciato solo, ti chiamerò."

"E?" e la incitò Kaley.

"Faremo il test."

"Promesso?" chiese Kaley.

"Promesso." Con le dita della mano destra, JJ tracciò una croce sul cuore per indicare una promessa.

Kaley annuì la sua approvazione. Kelly e Blue erano eccitatissime. Ridevano e si davano gomitate l'una con l'altra, soddisfatte della risposta di JJ.

Cavolo, perché erano tutte così felici tranne lei? Era di nuovo un fascio di nervi. A dire il vero lei era un po' eccitata all'idea di tornare in aria di nuovo. Far atterrare quell'aereo su quel laghetto era stato traumatico, ma si rese conto che lo aveva fatto davvero... ed era sopravvissuta.

Impagabile.

Uno strano coro di risatine femminili vibrò nel cervello di Rafe. Le risate furono seguite da voci. Voci morbide, felici, gradevoli. Per qualche minuto cercò di scivolare di nuovo nel buio silenzioso; ma la risata continuava a strapparlo al sonno e a ricatapultarlo nel dolore.

Il dolore però non era poi così forte. Era dannatamente meno intenso di quando si trovava nel capanno. Di gran lunga meno intenso di quello che aveva provato nella folle corsa durante la quale era stato trasportato da Dan e Brady.

Poi c'era stato quel viaggio in aereo. E aveva fatto male più di quel che potesse dire. Anche se era stato sistemato sul pavimento vicino alla parte posteriore dell'aereo, aveva comunque potuto ascoltare la conversazione tra Rafe e Brady riguardo a JJ che volava.

Rafe sorrise. Quella era di sicuro stata una dannata allucinazione. JJ non sapeva pilotare un aereo.

All'improvviso, si rese conto che le voci delle donne erano sparite. Ne era seguito un silenzio tombale. Non gli piaceva il silenzio perché gli dava la sensazione di essere di nuovo solo nel capanno.

Da solo. Impotente. Vicino alla morte.

Le viscere improvvisamente gli si torsero quando un altro pensiero lo colpì. Forse aveva sognato il suo salvataggio? Forse era davvero così perché *JJ. Non. Sapeva. Far. Volare. Un aereo.*

Il panico lo colse, i suoi occhi si aprirono, l'oscurità lo salutò.

Merda! Era stato un sogno. Doveva arrivare al suo quad e trovare aiuto. Imprecò tra i denti, cercò di girarsi su un fianco, ma una fitta di dolore gli trafisse la testa e la sua ferita alla gamba riprese a far male come non mai. Smise di muoversi e imprecò di nuovo.

Una luce gli tremolò sulla testa e Rafe fissò una lampada fluorescente. Il suo cervello andò in confusione. Che diavolo...?

Qualcosa di caldo si posò sulla sua mano.

"Shh, va tutto bene. Ora sei al sicuro, Rafe." Una voce morbida e dolce gli accarezzò i sensi come una coperta protettiva.

D'un tratto, JJ si materializzò proprio lì di fronte a lui. Si rese conto che gli stava accanto, su un letto. Sentiva il calore del corpo caldo di lei sul fianco sinistro.

"JJ?" Sussurrò. La sua voce era ruvida e grezza.

"Sì, sono io. Brady e Dan ti hanno trovato."

Wow. Era al sicuro. Non aveva sognato?

Mosse la testa per guardarsi intorno. Il dolore gli scoppiò nel cervello, ma si guardò comunque intorno. Alla sua destra, si accorse che era collegato a una flebo. Vide anche un catetere. Mazzi di fiori in vasi di plastica con dei bigliettini e anche un grande pallone che diceva *Rimettiti presto* erano sistemati sul davanzale della finestra. C'erano margherite, rose rosse, garofani.

La pioggia bersagliava le finestre dietro i mazzi di fiori. Fuori era buio. L'orologio su una parete vicina segnava le sette.

"Dove siamo?"

"In ospedale a Thunder Bay. Siamo volati subito in città, Kaley ti teneva d'occhio mentre io pilotavo l'aereo."

Il cervello di Rafe andò in confusione e gli tornò alla memoria la conversazione tra Dan e Brady. Non era possibile. Doveva averla sentita male. Doveva averli sentiti male.

"Hanno detto che la cintura che hai usato come laccio emostatico ti ha salvato la vita. Il medico ha detto la stessa cosa. Ti sei trinciato un'arteria principale con la scure."

Si era salvato il culo?

La stanchezza lo colse di nuovo, le palpebre tornarono a farsi pesanti. Merda. Voleva rimanere sveglio.

"Devo uscire di qui. Devo tornare ... il ranch ... il lavoro," le parole gli morirono in gola. Cos'era stato sul punto di dire?

"Dormi, Rafe. Dormi. Poi ti porteremo fuori di qui."

La voce dolce di JJ lo accompagnò di nuovo nel profondo mondo oscuro del sonno.

"DOMANI È IL GRANDE giorno," disse Dan spazzolandosi una terza porzione della deliziosa torta di zucca appena fatta da JJ. Accidenti, sapeva proprio fare torte deliziose.

JJ alzò lo sguardo dal punto in cui stava facendo i piatti al lavello della cucina, con un enorme sorriso sulle sue belle labbra rosate.

"Non riesco ancora a credere che Rafe si sia fatto convincere a rimanere in città per continuare la fisioterapia," disse.

"Credo che si sia reso conto che sarebbe guarito più velocemente se avesse seguito gli ordini del medico," rispose Brady. Aveva letto un giornale vecchio di due settimane, un lusso che raramente si concedevano dal momento che lì non c'erano minimarket.

"Spero che si ricordi di prendere un giornale per me prima di partire con la North Country Air," si lamentò Brady.

"Vedete cosa succede quando si è esposti al mondo esterno? Sei già tornato ad essere dipendente dalle notizie." lo prese in giro Dan.

"E dipendente dal caffè a portar via anche, Brady. Ti ho sentito ieri quando chiedevi a Rafe di portarti il caffè insieme al giornale. Butti via il mio caffè per quello da asporto. Tsk. Tsk," disse JJ con un falso sguardo di disapprovazione.

Dan rise quando lei prese un po' di schiuma dei piatti e la lanciò a Brady. Le bolle gli atterrarono dritte sulla testa.

"Buona mira," commentò lui seccamente. Si scansò le bolle di sapone dal viso e il suo sguardo improvvisamente si fece scuro e duro.

Uh. Oh. Dan riconobbe quello sguardo e i suoi sensi entrarono in allerta.

Brady voleva JJ, e la voleva in quel preciso istante.

"Chi immaginava che tirare bolle di sapone ti eccitasse, Brady?" commentò Dan.

JJ, essendo tornata ai suoi piatti, non aveva notato la reazione di Brady ma si tese alle parole di Dan.

Il cigolio della sedia di Brady mentre si alzava fece capire a Dan le sue intenzioni senza più dubbi. Colse lo sguardo intenso dell'amico e fece un cenno del capo a JJ.

Un invito a unirsi a lui per avere rapporti sessuali con lei. Dan gli rivolse un cenno di assenso mentre il suo cazzo si faceva sempre più duro fino a fargli male dal desiderio.

"Ho anch'io una buona mira, JJ. Un'ottima mira." Brady era in piedi dietro di lei e le roteava il bacino contro il sedere. Dan sentì un paio di dolci, morbidi sussulti di lei.

Il suo cazzo premeva con forza contro i pantaloni. Diavolo, reagiva sempre così ai suoni sensuali della sua donna.

"Ti ricordi quando ti ho presa qui sul bancone della cucina?" mormorò Brady. JJ annuì.

Wow. Lo avevano fatto lì? Si chiese quando. Il desiderio gli ruggì dentro.

Le mani di Brady scivolarono sotto le ascelle di JJ e intorno alla vita. Dan sapeva quello che stava facendo Brady: le stava sbottonando la camicetta.

"Lasciamo che Dan ti assaggi un po'," disse Brady. Un momento dopo le sue mani erano sulle spalle di lei. Poi, lentamente, la voltò verso Dan.

La camicetta si aprì, rivelando i seni nudi. Quando era a casa e quando c'erano i ragazzi in giro, lei raramente indossava un reggiseno sapendo che sarebbe stato solo d'intralcio se uno di loro avesse voluto possederla.

Il viso di JJ era rosso per l'eccitazione quando la bocca di Brady scivolò sul suo collo. I suoi occhi erano chiusi mentre lui la baciava.

Dan si fece avanti e si posizionò davanti a JJ. Allungò le mani sui suoi seni e vi chiuse le dita intorno. Lei rabbrividì e gemette. I suoi seni erano caldi e sodi e si adattavano perfettamente alle sue mani. Gli venne l'acquolina in bocca quando abbassò lo sguardo.

I suoi capezzoli ... Si leccò le labbra. Si chinò in avanti, abbassò la testa e succhiò un capezzolo caldo tenendolo stretto in bocca. Lei sibilò e le sue mani volarono alla cerniera dei pantaloni di Dan. Le sue dita erano veloci, e subito si sentì il suono della zip dei jeans che si abbassava.

Lui gemette quando la mano di JJ si avviluppò intorno alla sua erezione. Oh diavolo, ogni volta che lei teneva tra le mani il suo uccello per lui era come morire e andare in paradiso. Sì, avrebbe potuto vivere in quel modo per sempre.

JJ lottò per mantenersi in piedi quando Brady premette la sua erezione contro le sue natiche. Nonostante entrambi gli uomini indossassero i jeans, i loro corpi bruciavano attraverso il tessuto e accendevano il desiderio in lei. La bocca insidiosa di Dan succhiò il suo capezzolo e poi l'altro. La sensazione che le davano i suoi denti affilati, mentre le mordeva i capezzoli teneri e teneva la sua presa possessiva sui seni di lei, le fece capire che l'attendeva un'intensa notte di sesso. Il forte pulsare del pene di Dan nella sua mano la fece gemere dolcemente nella bocca di Brady.

I baci di Brady su tutto il collo si alternavano tra il morbido e il ruvido, come se stesse cercando di prendere una decisione su qualcosa.

"Ho pensato," mormorò Brady contro la sua pelle.

Aha. Proprio come aveva sospettato.

"A cosa?" sussurrò lei tenendo stretto il cazzo di Dan, mentre lui non lasciava il suo seno.

"Hai bisogno di essere punita per non averci parlato della tua voglia di volare."

Lei ne rimase sorpresa.

"Ah, sì?" sussurrò.

La bocca di Dan si tese intorno al suo capezzolo. Brady aveva catturato il suo interesse.

"Ce l'hai tenuto nascosto per tutta l'estate. Non avresti dovuto farlo, bambina." La voce di Brady si era arrochita.

"Concordo con te, Brady. Una bella punizione mi farebbe sentire molto meglio," disse Dan. La sua voce era diventata dura.

"E se non volessi accettare la punizione?" balbettò JJ. Di certo quei due stavano scherzando...

"Una punizione dura, qualcosa che non dimenticherai tanto presto," le sussurrò Brady all'orecchio.

Misericordia, perché lui riusciva a far sembrare quella punizione tanto erotica?

Brady la punzecchiava, le sue dita si muovevano sensualmente sul ventre in cerca della cerniera dei suoi pantaloni. Dan continuava a succhiarle i capezzoli. Lei si mosse tormentata da quel piacere e continuò ad accarezzargli l'uccello.

Un forte calore la invase quando Brady le slacciò i jeans, poi li fece scivolare lungo i fianchi e le gambe insieme alle sue mutandine. Rapidamente, lei si liberò delle pantofole, dei jeans e delle mutandine e con un piede li lanciò da una parte.

"Ti eccita, non è vero sapere che due uomini stanno per punirti? Io so solo che questo mi eccita da morire," disse Brady.

Lei si bagnò quando sentì il resto della cerniera del cowboy che si abbassava. Sentì lo strappo della plastica e la sorprese vedere che Brady prendeva l'olio vegetale dalla credenza e lo piazzava sul piano di lavoro. Notò anche che ci aveva messo un preservativo nuovo. JJ si irrigidì quando lui prese un cucchiaio di legno dalla ciotola degli utensili da cucina.

"Non vorrai..." ansimò.

Gridò quando lui le schiaffeggiò le natiche. Una raffica di dolore le arrossì la pelle.

Lo aveva fatto davvero!

Il suo basso ventre si contrasse quando il calore le infiammò la carne. Brady colpì di nuovo il suo sedere, più forte questa volta. JJ si dimenò cercando di scappare ma le mani di Dan le bloccavano i fianchi. La sua bocca continuava a mordicchiarle i capezzoli.

Accidenti a loro! In un attimo una tranquilla serata si era trasformata in qualcosa di tremendamente... erotico.

Gridava mentre Brady continuava a schiaffeggiarle il culo con quel cucchiaio di legno. Il calore e il dolore si mescolavano. Il piacere le avvampava le natiche e le bruciava i capezzoli e il seno.

All'improvviso il volto di Dan si sollevò, e lei catturò il suo sguardo sensuale che la guardava spasimare e opporre resistenza mentre Brady continuava a colpirla.

"Direi che ti piace essere sculacciata," sussurrò Dan. Il suo sguardo si era fatto più cupo e le palpebre erano pesanti per il troppo desiderio.

Chiuse gli occhi mentre Dan si muoveva contro di lei. Le sue mani le scivolarono tra i capelli, le dita si aggrovigliarono tra le sue ciocche fino a quando il dolore erotico quasi le bruciò la cute. Lei gemette per il dolore e gridò mentre i lombi di lui si sollevavano e la sua erezione entrava nella sua vagina bagnata. I muscoli di JJ gli si strinsero intorno e lui ringhiò. Era un suono animalesco che la faceva impazzire.

Brady imprecò a bassa voce e smise di sculacciarla. Il suo respiro si fece pesante e lei sentì che stava indossando il preservativo. Poi udì il suono familiare dell'olio e capì che si stava lubrificando il cazzo.

Dan si ritirò e la bocca si sciolse su quella di lei, cancellandole ogni pensiero dalla mente. JJ gli fece scivolare le mani intorno al collo e lo baciò più intensamente.

Brady le allargò le natiche, e lei rimase a bocca aperta quando lui premette la testa del cazzo contro il suo ano stretto. Le mani di Brady le scivolarono lungo la vita e la tennero stretta.

La sua attesa crebbe.

JJ spinse la lingua nella bocca di Dan e le dita del cowboy si strinsero ancor di più tra i suoi capelli mentre le restituiva il bacio.

Rimase a bocca aperta quando il pene di Brady le entrò completamente nel culo. Il suo uccello era duro e caldo mentre la penetrava sempre più in profondità. Brady si ritirò e poi anche Dan si spinse dentro di lei.

Rapidamente, raggiunsero un ritmo inebriante. Dan spingeva nella sua figa come un pistone e Brady spingeva la sua carne gonfia sempre di più fino a quando un pizzico di malvagio piacere e dolore si mescolarono insieme e minacciarono di farla impazzire.

JJ lottò per mantenere il controllo il più a lungo possibile. Forse era un atto di sfida e protesta per quella punizione o forse lei era solo un'egoista perché sapeva che più avrebbe opposto resistenza più il suo orgasmo sarebbe stato intenso.

Ma il loro ritmo feroce la spinse sempre più vicino al bordo fragile della beatitudine. Si divincolava tra i due cowboy e roteava i fianchi godendo nel sentire i suoi uomini ringhiare e gemere.

Ma quando entrambi si spinsero dentro di lei, contemporaneamente, JJ perse il controllo che finì in frantumi, in un fascio di piacere agonizzante. I loro gemiti laceravano il silenzio mentre lei si dimenava con più forza.

Stava precipitando sempre più velocemente nel piacere. Le piacevano quei brividi di fuoco che le sconvolgevano la carne e i muscoli. E il sudore non faceva nulla per raffreddare il caldo rovente che sentiva sulla pelle.

I cowboy continuavano a spingere in lei come pistoni di un'auto. Duri e inarrestabili, affondavano in lei in sferzate strazianti.

Il piacere sembrava inesauribile e JJ annegava tra quelle onde ruggenti che avanzavano in lei come una tempesta.

Era pura estasi.

Piagnucolò, vogliosa, e affondò le unghie nelle spalle di Dan mentre un altro orgasmo rapidamente la travolgeva. Il piacere quasi la bruciava viva.

I cazzi dei cowboy continuavano ad affondare e a spingere, facendola girare come un burattino senza cervello.

Le mani di Brady si muovevano su e giù lungo i suoi fianchi, le sue carezze erano dolci e intime. JJ sapeva che voleva calmarla, ma in realtà contribuiva solo ad eccitarla ulteriormente. Ovunque loro la toccavano, lei bruciava. Il calore dei loro corpi le incendiava la carne e annullava la sua mente. Erano un unico corpo.

Un'unica anima. Piacere cieco.

Lei apparteneva loro, completamente.

Era bello essere di nuovo al ranch, pensò Rafe per l'ennesima volta da quando era tornato lì due settimane prima. Quel giorno stava riparando il trattore che era necessario per trasportare il fieno. Brady aveva detto di aver lavorato per tutto il giorno prima, fermandosi di tanto in tanto nella sezione Tredici, uno dei loro più grandi campi di fieno.

La sua gamba era guarita abbastanza bene, ed era già passato un mese da quello strano incidente che gli era capitato. Zoppicava, il polpaccio pulsava a ogni passo ma era in via di guarigione, e lui era ansioso di spostare il bestiame di lì a pochi giorni.

Infine era arrivato ottobre, il clima era diventato freddo e ventoso con un sacco di giorni nuvolosi e una pioggerella fredda. Con il tempo, infine, che negli ultimi tre giorni era migliorato, Dan e Brady stavano terminando la fienagione.

Il senso di colpa assalì Rafe al pensiero che gli amici si fossero fatti carico del suo lavoro ma, di contro, quello gli lasciava molto tempo da poter trascorre con JJ.

Ogni volta che la guardava, una sensazione curiosa gli svolazzava nel petto. Da quel giorno e quella notte che aveva trascorso da solo in quel capanno sperduto, quando aveva pensato che non l'avrebbe più rivista, ora vedeva tutto in modo diverso. Alla luce del giorno, apprezzava tutto: l'odore dei pini, il verso della strolaga, lo sciabordio dolce dell'acqua contro la costa.

Gli piaceva il caffè cattivo che faceva Dan. Ridacchiava quando Brady si incazzava per le uova o per il prezzo del cibo. Ma più di tutto, gli piaceva aiutare JJ in cucina, apparecchiare la tavola, mettere via i piatti o correre fuori nell'orto a prenderle un cavolo o qualche rapa. Era come se fosse su di giri da quando era tornato.

Purtroppo, l'euforia scompariva quando si addormentava. Quasi ogni notte, sognava quei due lupi grigi che aveva visto al rifugio. Avrebbe dovuto capire che quelle bestie erano un segno.

Rafe sognava anche di tagliarsi la gamba con la scure, di essere incapace di muoversi e in preda a un dolore lancinante. Si svegliava sempre in un bagno di sudore, con il cuore che gli martellava nel petto. Un senso di perdita, con una strana sensazione di morte imminente, lo accompagnava fino al risveglio. Le uniche notti che non aveva gli incubi erano quelle trascorse con JJ. Averla distesa accanto a lui nel letto sembrava la medicina giusta per guarirlo. Avrebbe voluto dormire con lei ogni notte ma sapeva che un giorno avrebbe dovuto affrontare qualunque paura quell'incidente gli avesse lasciato addosso e di sicuro non era impaziente che quel momento arrivasse.

6.

Dalla cucina, JJ aveva una buona visuale dell'orto. Capinere e ghiandaie blu svolazzavano intorno alle mangiatoie per uccelli appena fuori dalla finestra. In lontananza, vide il gigantesco fienile a due piani con rivestimenti in pino nodoso, i recinti di cedro per le mucche, e la segheria adiacente.

Di fronte alle ampie doppie porte del fienile, Rafe lavorava sul vecchio trattore blu.

Il luminoso sole di metà pomeriggio picchiava sulle sue larghe spalle nude e un velo di sudore luccicava sulla sua schiena. Abbronzato, i muscoli dorati si flettevano e si contraevano mentre lavorava. I suoi jeans gli stavano bassi sui fianchi lasciando intravvedere la fessura tra le natiche. Di tutti e tre i ragazzi, lui aveva il fondoschiena più sexy, sodo e rotondo. A JJ piaceva far scorrere le mani sulla sua carne liscia e amava il modo in cui i muscoli del suo fondoschiena si flettevano sotto il palmo delle sue mani ogni volta che lei lo massaggiava lì.

Notò anche che gli erano cresciuti i capelli e che erano alquanto arruffati. E gli lanciò uno sguardo pericoloso. Trovava che quel suo aspetto un po' trasandato fosse molto sexy, soprattutto se indossava il suo cappello da cowboy.

Dal primo momento che era arrivata al ranch, completamente ubriaca, e aveva visto il cappello nero di Brady, aveva capito che i cappelli da cowboy la eccitavano. Perdutamente.

La barba corta già gli abbracciava le guance e il mento e il respiro di JJ si troncò al pensiero di quanto la barba di Rafe avrebbe potuto stuzzicare la sua figa.

Improvvisamente, desiderò toccarlo, far scorrere le dita sulla sua erezione e spingersi dentro il suo uccello. Provava una nuova, sconosciuta fame per lui, che non comprendeva. Ma da quando era rimasto ferito, voleva stargli vicino per stare con lui, per sapere che era ancora vivo e che lo voleva.

Una rapida occhiata all'orologio della cucina le disse che era quasi ora di pranzo. Se si fosse sbrigata, avrebbero potuto mangiare all'aperto, magari sotto il sole, e forse dopo …

A JJ CI VOLLERO MENO di quindici minuti per improvvisare un pranzo di panini con arrosto di manzo e una macedonia di frutta come dessert. Quando uscì dalla porta posteriore e scese i gradini con il cestino da picnic, capì che Rafe l'aveva già vista. Anche se lei era ad oltre cinquanta iarde di distanza, notò che le spalle di Rafe erano tese mentre batteva grossi pugni su qualcosa di imprecisato per farla entrare nella parte anteriore del trattore. Le piaceva il modo in cui la luce del sole scintillava sul sudore della sua schiena. Le piacque quando lui all'improvviso sollevò lo sguardo e la guardò con occhi da predatore, mentre lei si avvicinava. Le si rimestò lo stomaco quando i muscoli pettorali di Rafe si flessero. I suoi seni si gonfiarono contro la stoffa della maglietta quando lo sguardo affamato di lui indugiò sul suo petto.

Misericordia, sembrava più eccitato di lei all'idea che sarebbe accaduto presto qualcosa tra di loro.

JJ deglutì mentre lui si tirava il cappello da cowboy sulla fronte, offrendole una visuale ravvicinata delle sue ciglia scure e dello sguardo bollente. Mentre lasciava cadere il canestro sul sedile del trattore, mise uno strumento che aveva usato a terra, afferrò uno straccio e si asciugò il viso sudato e poi le mani unte.

"Ehi, piccola, è già ora di pranzo?"

JJ annuì, sperando che lui la prendesse semplicemente tra le braccia a cominciasse a baciarla alla follia, ma lui non lo fece. Ne rimase delusa.

"Sei arrivata appena in tempo," disse Rafe con un sorriso sbilenco.

"Per cosa?"

"Per far fare un giro a questo bambino, per vedere se funziona. Credo di aver risolto il problema. Possiamo portare il cibo con noi tanto ce n'è abbastanza per tutti e due, vero?"

"Sì, eccome. Dove andiamo?" chiese JJ.

"Andremo ovunque il trattore ci porterà," disse Rafe facendole l'occhiolino.

Raccolse il cesto e lo appese a un gancio che penzolava dalla parte posteriore del sedile grande. Poi si arrampicò e prese posto. Tese la mano verso di lei e, quando JJ l'afferrò, lui la sollevò come se fosse una piuma.

Le indicò di sedersi di fronte a lui, sul suo stesso sedile e dove lui le aveva lasciato dello spazio. JJ si sedette e il fiato le si mozzò nel petto quando lui premette il corpo contro il suo toccandole il sedere con la sua impressionante erezione. Le braccia di Rafe le cinsero i fianchi mentre girava la chiave nel blocchetto di accensione.

Il trattore ruggì alla vita, emanando il profumo dei vapori di carburante. Il cowboy impugnò il volante e spostò il suo corpo ancora più vicino a lei. Avvicinò anche la testa e il suo respiro caldo le accarezzò la guancia.

"Pensavi che non lo avessi notato, vero?" le mormorò Rafe in un orecchio ma lei a malapena lo sentì al di sopra del ronzio sferragliare del motore.

JJ rabbrividì di eccitazione.

"Notato cosa?"

"Che ti vuoi divertire un po' all'aria aperta. Bambina, conosco lo sguardo che fai quando vuoi fare l'amore."

"Non ti ho preparato il pranzo al sacco perché volevo del sesso da te, Rafe."

Il piccolo bastardo la conosceva troppo bene.

Lui rise e avviò il trattore, che barcollò in avanti.

"Che tu lo voglia o no, io te lo darò," disse in una voce gutturale che l'agitò.

Mentre guidava il trattore lungo il sentiero ben battuto che serpeggiava attraverso le foreste vicine, JJ scorse scoiattoli e conigli che si rincorrevano.

Mentre lei guidava, Rafe la baciava sul collo. Il tocco ruvido della sua barba che si scatenava sulla sua carne contrastava con la morbidezza delle sue labbra umide e carnose.

"Gira," sussurrò. Lui a malapena le diede il tempo di prendere il volante prima che le sue mani andassero al primo bottone.

Oddio. Le dita di Rafe si mossero rapidamente, fino a quando tutti i bottoni della sua camicetta non furono slacciati e la maglia si aprì svolazzando. JJ tremava e teneva stretto il volante mentre le mani di Rafe si chiudevano sui suoi seni nudi e le dita callose strofinavano i capezzoli sensibili.

Amava il modo in cui lui la toccava. Tenero ma fermo. Il calore sessuale pulsava attraverso di lei mentre lui le tirava i capezzoli. JJ si inarcò contro Rafe e gemette piano, mentre lui la baciava lungo il lato del collo.

"Oh, Rafe," fece all'improvviso quando scorse una grande sagoma color marrone che se ne stava in piedi in mezzo al sentiero appena più avanti.

"Sì, tesoro. Ti piace?"

Lei gridò quando lui le pizzicò i capezzoli scatenandole del dolore. Poi lo placò con il palmo delle sue mani. Le labbra di Rafe le mordicchiarono il collo scatenandole dolci brividi lungo la schiena.

"Oh, è così bello," sussurrò JJ e improvvisamente si ricordò il motivo per cui stava cercando di attirare l'attenzione di Rafe.

La sagoma scura si fece più grande.

"Come faccio a frenare questa cosa?" gridò, sconvolta da quanto velocemente il trattore si stava dirigendo verso il gigantesco animale alto quasi sei piedi.

"Rafe?"

"Sì?" La voce del cowboy era piena di eccitazione.

"Un alce. Più avanti," ansimò.

Finalmente riuscì ad attirare l'attenzione di Rafe, che imprecò. JJ sobbalzò quando lui inchiodò.

"Diavolo, questo non va per niente bene," mormorò lui fissando la creatura.

"Perché? È solo un alce. Basterà un colpo di clacson e se ne andrà."

"Dobbiamo tener bassa la voce. Lui è in realtà una lei. Guarda là." Rafe indicò a sinistra verso una palude e il cuore di JJ si sciolse quando vide altre due alci con il ventre nascosto dalle alte canne. Quegli animali erano di dimensioni più piccole rispetto a quello in piedi in mezzo al sentiero.

"È la stagione degli amori. C'è probabilmente un maschio o due qui da qualche parte. Quelli più piccoli nella palude sono i suoi cuccioli. A giudicare dall'aspetto, sono nati la scorsa primavera. Lei li caccia via non appena resta di nuovo gravida. Quando le alci hanno paura potrebbero caricare un essere umano, perciò faremo meglio a darle spazio."

"Pensavo che gli orsi fossero pericolosi," disse JJ avvertendo un brivido di paura lungo la spina dorsale.

"Anche un alce può esserlo. Le alci non sono animali territoriali, ma possono attaccare l'uomo se provocati, disturbati o spaventati. I loro zoccoli sono appuntiti e possono provocare un sacco di danni se iniziano a scalciare. Hanno zampe abbastanza flessibili e possono calciare in tutte le direzioni, sia con le zampe anteriori che posteriori. Quindi sì, è meglio non spaventarla più di quello che già abbiamo fatto."

Rafe ingranò la retromarcia.

"Ci osserva come un falco," disse JJ desiderando di essere seduta dietro Rafe, invece che di fronte a lui.

L'alce sembrava un cervo di grandi dimensioni. Aveva una grande testa con un muso lungo e zampe molto lunghe e sottili. La corporatura era enorme e ricoperta di un manto marrone scuro.

"Quanto pensi che pesi?"

"Circa trecento chili. I maschi sono ancora più grandi e arrivano fino a quattrocentocinquanta chili."

"Wow, ce n'è di carne, allora."

"Cerchiamo di non uccidere troppe alci. La loro popolazione è in declino a causa della caccia eccessiva. Ma posso dirti che sono ottime nelle lasagne."

JJ rise. "Tu e il tuo stomaco."

"Io e il mio stomaco diciamo che dobbiamo continuare a fare marcia indietro. Tienila d'occhio e dimmi se abbassa le orecchie o se le si drizza il pelo sul collo."

"Drizzarsi il pelo sul collo?" *Cosa*?

"I peli sul retro del collo e del groppone si sollevano se pensa di caricarci. Se i peli del collo si sollevano e lei inizia a muoversi verso di noi, siamo nei guai. Merda! Dovevo ricordarmi di portare il fucile."

L'allarme di Rafe fece irrigidire JJ.

Wow, non si era resa conto di quanto potesse essere pericoloso per i suoi ragazzi stare là fuori. Capì che l'avevano all'oscuro circa i pericoli della natura selvaggia delle loro terre perché solo così lei non si sarebbe preoccupata troppo per loro ogni volta che uscivano. Proprio come lei aveva tenuto nascoste le sue lezioni di volo perché loro non si preoccupassero.

JJ mantenne lo sguardo su mamma alce. Lei li osservava immobile come una statua. Ma le sue orecchie per fortuna non si abbassarono e il pelo sul collo non si sollevò.

Il trattore si mosse lentamente in senso inverso e JJ si agitò sulla sedia desiderando che Rafe facesse muovere quell'aggeggio più velocemente, ma capiva che si stava muovendo lentamente per non spaventare l'alce.

"Non sono bravissimo a guidare all'indietro. Faresti meglio a tenere la testa bassa," disse urtando leggermente un paio di rami di pino al margine del sentiero. JJ riuscì a spostarsi appena in tempo per evitare che i rami colpissero la sua spalla destra.

Per fortuna, ci fu un'altra curva nel sentiero che li portò lontano dalla vista dell'alce. JJ sentì Rafe rilassarsi contro di lei.

"C'è mancato poco," borbottò. Con grande sorpresa di JJ, c'era un tremito nella voce di Rafe.

"Davvero hai avuto paura?" chiese cominciando a girare il trattore.

"Diavolo, sì. È positivo avere paura di cose che potrebbero ucciderti. È l'istinto di sopravvivenza."

JJ abbassò gli occhi e guardò le grandi mani di Rafe strette al volante. Un attimo dopo aveva girato il trattore e si era avviato lungo il sentiero che conduceva al ranch.

Stupefacente. Anche un tipo forte e duro come Rafe aveva paura. Quello la fece riflettere sulle proprie paure; ne aveva tante: il terrore degli spazi chiusi, gli attacchi di panico. E il pericolo di un incidente aereo?

JJ si morse il labbro inferiore quando improvvisamente si rese conto di una verità importante. Se non avesse fatto davvero qualcosa per superare la sua ansia nel corso degli ultimi mesi e non avesse avuto il coraggio di iniziare le lezioni di volo con Kaley, cosa sarebbe successo a Rafe? Kaley non avrebbe mai chiamato quella notte per offrire il suo aiuto e JJ non sarebbe stata in grado di pilotare l'aereo per salvarlo.

Forse avrebbe dovuto continuare a perseguire i suoi obiettivi? Forse avrebbe dovuto continuare a praticare la terapia dell'esposizione e andare avanti con le sue lezioni di volo, nonostante le sue paure e le sue ansie?

Piccoli passi. Le parole di Kaley echeggiarono nella sua mente.

JJ sorrise e annuì. Era il momento di smettere di nascondersi dietro la scusa di prendersi cura di Rafe. Era giunto il momento di tornare a sfondare i muri dell'ansia che l'avevano tenuta prigioniera per tanti anni. Aveva letto che un sacco di persone scendevano a patti con i loro problemi di ansia e panico imparando a conviverci. Se queste persone potevano farlo, di sicuro poteva farlo anche lei.

"Perché annuisci in quel modo, tesoro?" sussurrò Rafe strofinando dolcemente il viso contro quello di lei. Che gesto tenero.

"Stavo solo pensando a qualcosa," disse JJ.

"A cosa?" chiese Rafe.

"Che voglio che tu faccia l'amore con me, adesso, proprio qui sul sentiero. Proprio contro il tuo trattore. Proprio..." Prima che potesse finire di parlare, lui fermò il trattore, spense il motore e le toccò la spalla.

JJ si voltò per vedere quello che voleva e quando abbassò la testa rimase a bocca aperta. Rafe prese la sua bocca con le labbra calde e la baciò così profondamente che lei non riuscì più a ragionare. Andò all'indietro e con le mani afferrò le ginocchia di Rafe, tenendosi stretta per mantenersi in equilibrio, mentre la lingua di lui spingeva nella sua bocca e le accarezzava i denti. Le mani del cowboy scivolarono sotto le sue ascelle, fino alla camicetta aperta e le accarezzarono i seni. Le sue dita titillarono i capezzoli finché non furono due punte dolorosamente dure. L'erezione di Rafe, una promessa grossa e dura di meraviglie che sarebbero avvenute di lì a poco, spingeva con forza contro le sue natiche.

JJ si sentiva così viva, così libera là fuori con il cielo turchese sopra la testa e il lamento degli alberi che si piegavano alla forza del vento. La brezza sulla pelle in fiamme era piacevole e rinfrescante.

"Scendiamo," sussurrò Rafe rompendo il bacio.

"È sicuro?" A lei quasi non importava se era pericoloso.

"Sì, siamo abbastanza lontani dall'alce. Inoltre, non verrà a guardare. Cerca di spassarsela anche lei."

"Come me," sussurrò JJ.

Rafe ridacchiò, saltò giù, e poi la aiutò a scendere dal trattore. Nell'istante in cui i suoi piedi toccarono terra, Rafe le passò le dita tra i capelli e le tenne ferma la testa.

I suoi occhi erano scuri e intensi, mentre la studiava.

"Ti ho mai detto che ti amo davvero, davvero tanto, JJ?" disse con una voce morbida e tenera che le fece formicolare le dita dei piedi.

JJ sbatté le palpebre per la sorpresa.

Certo, mormorava il suo amore per lei mentre avevano rapporti sessuali, ma quella volta era diverso. Lui era diverso. Molto convincente. Sincero.

"Anch'io ti amo, Rafe, con tutto il mio cuore."

Lui sorrise e il sorriso gli illuminò gli occhi. Abbassò la testa e accarezzò la lingua sulle labbra fino a quando la bocca di JJ non cominciò a formicolare. Poi, tanto lentamente da essere straziante, abbassò la testa e la baciò tracciando un'immaginaria linea di fuoco sul lato sinistro del collo e poi le tormentò la spalla di baci.

JJ rimase a bocca aperta quando lui la spinse contro la ruota del trattore, premendo il suo sedere contro la gomma dura. Rabbrividì quando la sua bocca trovò il capezzolo destro e lo succhiò tra le labbra. Il piacere sfrecciò dentro di lei mentre la barba corta e ispida di lui le bruciava la pelle.

Sensazioni incontrollabili la sconvolsero quando Rafe strinse e massaggiò l'altro seno. Le sue dita stuzzicarono e titillarono l'altro capezzolo fino a quando lei gli gemette in bocca.

Poi Rafe ritirò la mano e la bocca, lasciando entrambi i capezzoli palpitanti e doloranti. Si staccò da lei e JJ si abbassò i pantaloni e le mutandine e li gettò via, poi restò a guardarlo mentre lui si slacciava i pantaloni e lasciava cadere la sua biancheria intima.

JJ tremò alla vista del grande uccello che stava fermo e dritto davanti a lei. Un intreccio erotico di vene pulsava lungo la sua carne spessa. Infilò una mano nella tasca della camicia e tirò fuori un preservativo confezionato. Seguì lo strappo della confezione e un attimo dopo, Rafe era protetto.

Il suo cuore batteva all'impazzata mentre lui la guardava con pura lussuria e l'amore brillava nei suoi occhi.

"Vieni qui, tesoro," le sussurrò.

JJ fece un passo verso di lui, e il suo profumo grezzo le riempì le narici facendo accelerare il battito del suo cuore. La mano di Rafe si spostò tra le sue cosce. Lei gemette quando lui affondò due dita nella vagina bagnata. Poi sfilò le dita e passò il liquido di lei sul suo preservativo. Lo fece più volte fino a che la punta del preservativo non fu lubrificata con il liquido di JJ.

Poi allungò la mano e le prese le mani nelle sue. Gli occhi di Rafe erano vitrei di lussuria mentre teneva le dita strette e spingeva JJ di nuovo contro lo pneumatico del trattore.

"Quando ho avuto l'incidente, sei stata tu a non farmi arrendere," sussurrò.

Io?

"Ho sentito la tua voce. Ho sentito che mi dicevi di tenere duro, che l'aiuto sarebbe arrivato, e di non lasciarti."

"Non facevo che pensare a questo. Ero così preoccupata. Ti volevo solo a casa con me."

Era possibile che avessero un qualche tipo di legame magico? O erano state le sue gravi condizioni ad averlo illuso di aver sentito la sua voce?

"È bello sapere che anche tu pensavi la stessa cosa," mormorò Rafe.

JJ rimase a bocca aperta e tutti i suoi pensieri si disintegrarono quando la bocca calda di Rafe si fuse su quella di lei e la testa del suo uccello duro toccò il clitoride sensibile. Il piacere esplose quando la sua lingua di velluto le passò sulle labbra e lei gli andò incontro muovendo sensualmente la sua.

Lui grugnì; gli piaceva quello che lei gli stava facendo con la lingua. Il suono gutturale della voce di Rafe le fece ribollire il sangue e lo baciò più forte, annegando rapidamente in quelle vibrazioni di fuoco.

D'istinto, lei roteò i fianchi immergendosi nel piacere che lui stesso aveva creato. Rafe si adattò ai suoi movimenti continuando a massaggiarle il tenero clitoride.

La tensione erotica s'insinuò rapidamente in JJ. Quando Rafe lasciò andare le mani, le fece scivolare intorno alla vita e le accarezzò il sedere. Le natiche di JJ erano piene e sode e a lei piaceva come i muscoli dei glutei si tendevano sotto le dita del suo cowboy.

Rafe strofinò il suo clitoride con maggior forza e subito lei sentì il piacere montarle dentro. All'improvviso non riuscì più a trattenersi mentre il suo corpo e la sua mente esplodevano in un delirio di piacere.

JJ urlò nella bocca di Rafe e tremò all'impatto.

Rapidamente, lui si spinse in lei. Il suo cazzo solido affondò in profondità nella sua vagina e lei accolse la sua erezione. Le piaceva il modo in cui i suoi muscoli si stringevano intorno alla perfetta intrusione di Rafe. Lui uscì e affondò di nuovo in lei.

JJ andava incontro a ogni suo affondo, muovendo i fianchi per accoglierlo. Il suo cazzo era lungo e duro mentre scivolava dentro e fuori di lei come un pistone d'acciaio. Ogni spinta era più forte e andava più in profondità. Ogni affondo la faceva impazzire un po' di più.

Rabbrividì contro di lui quando Rafe venne insieme a lei. Le entrava dentro come un indemoniato. Come un uomo che pretendeva. Come un uomo che amava.

Con gli occhi chiusi, JJ vedeva stelle di piacere puro brillare nel buio mentre spingeva i fianchi contro quelli di lui. Mantennero quel ritmo folle fino a quando entrambi non furono esausti e il loro respiro caldo si schiantava contro la pungente aria autunnale.

Dopo aver raggiunto il piacere, Rafe rimase dentro di lei con l'uccello palpitante e caldo mentre la teneva stretta tra le braccia. La teneva teneramente, baciandola delicatamente con le labbra morbide e mormorando il suo nome più e più volte.

Lentamente, molto lentamente, la mente di JJ tornò alla realtà ma il suo corpo continuava a vibrare, appagato. Ricordò quello che Rafe aveva detto poco prima, e cioè che lei lo aveva tenuto in vita durante il suo incidente. Lei era davvero importante per lui. Quel pensiero le riempì il cuore di calore e di amore. Già sapeva che non avrebbe mai potuto lasciare i suoi cowboy o il ranch, ma ciò che lui le aveva appena detto rafforzò la sua decisione di restare lì per sempre con i suoi tre uomini.

7.

Quando venne di nuovo il momento di spostare il bestiame, Rafe era pronto ad andare. JJ notò che a malapena zoppicava ora e le rughe che il dolore aveva scavato intorno alla sua bocca erano scomparse. Il sollievo che provava per Rafe la rendeva felice, e quando lei era felice, sfornava manicaretti.

I ragazzi erano partiti quella mattina e la sera prima aveva preparato per loro una torta di grano, una montagna di barrette al muesli fatte in casa e frittelle di mele, e poi quella mattina aveva preparato velocemente due torte di zucchine con le zucchine del loro orto. Le torte erano pronte per essere sfornate così i ragazzi non sarebbero andati in carenza di dolci durante la settimana che avrebbero trascorso fuori a spostare il bestiame.

Guardò i sei contenitori d'acciaio a prova di orso che contenevano le provviste non deperibili che aveva già preparato. Poi ricontrollò mentalmente il suo elenco.

Per la prima colazione, aveva confezionato per ciascuno dei ragazzi un mix di pancake, sciroppo d'acero, mirtilli secchi, fragole secche congelate, una confezione di caffè solubile, crema per il caffè, zucchero, farina di mais e semolino, formaggio in polvere per la farina di mais e pesche in scatola e pere per condire il semolino.

Per il pranzo avevano tante di zuppe in scatola, fagiolate del cowboy e verdure, anch'esse in scatola, riso e patate. A cena potevano scegliere tra stufato in scatola e liofilizzato, pasta e sugo di pomodoro a lunga conservazione.

JJ sorrise mentre prendeva i guanti da forno. E, naturalmente, poi avevano i loro dolci.

Dal momento che avrebbero lavorato da soli la maggior parte del tempo, ognuno di loro aveva anche il proprio enorme refrigeratore che conteneva frutta fresca e verdura, bistecche e altri alimenti deperibili.

Ci sarebbero voluti sei o sette giorni per portare tutto il bestiame nella zona della ferrovia, dove tutto era stato predisposto perché il treno si fermasse e gli animali fossero caricati sui vagoni. Poi ci sarebbe voluto circa un giorno di viaggio per tornare a casa da lei.

JJ sospirò pensando a quando sarebbero stati di nuovo tutti insieme. Avrebbe voluto andare con loro, ma c'erano alcune vacche e i loro vitellini di cui bisognava prendersi cura. Aveva anche preso accordi per le lezioni di volo giornaliere con Kaley. JJ avrebbe voluto parlarne ai ragazzi più volte nel corso delle ultime due settimane ma non aveva mai trovato il coraggio.

E poi si sarebbero preoccupati per lei se avessero saputo che aveva ripreso le lezioni. Dovevano concentrare tutta la loro attenzione sul bestiame, non sulla sua voglia di pilotare un aereo.

JJ aprì il forno e recuperò una delle torte. L'aveva appena posata sulla parte superiore della stufa quando sentì un rumore di passi su per le scale di servizio.

Oddio. Stavano già venendo a prendere il loro equipaggiamento. Aveva sperato di nascondere le torte fino a quando non si fossero raffreddate e poi le avrebbe impacchettate. Prese l'altra torta e la mise accanto alla prima. Forse, se si fosse sbrigata sarebbe riuscita a nasconderle...

"Ehi, tesoro. Le macchine sono pronte a partire. È tutto pronto? Mmm, che profumino. Andiamo a mangiare," disse Dan entrando in cucina e fissando le torte.

JJ rise. Incredibile!

"Ragazzi, avete mangiato un'ora fa."

"Quelli sono per me?" disse Dan facendole l'occhiolino.

"Non così in fretta, bello. Sono miei," ringhiò Rafe entrando in cucina proprio alle spalle di Dan.

"Scusate ragazzi, ma quei dolci sono tutti per me. Dov'è il coltello? Me ne prendo un pezzo e un caffè. Sapete quanto amo le torte calde fumanti," aggiunse Brady mentre tutti e tre si affollavano intorno a JJ e alle torte.

Quando Brady andò ad aprire il cassetto per prendere il coltello, JJ prese un cucchiaio di legno e delicatamente schiaffeggiò Brady sulle nocche.

"Ahi!" Lui rimase a bocca aperta, fingendo di provare dolore e si portò la mano al petto.

Rafe e Dan risero.

"Faccio il caffè. Voi andate a sedervi in salotto e rivedete ancora una volta le cose da fare prima di partire," ordinò JJ cacciandoli dalla sua cucina e agitando il cucchiaio contro di loro.

I ragazzi risero e si accomodarono nel soggiorno. JJ pensava che distrarli le avrebbe permesso di salvare almeno una delle torte e lasciarla raffreddare un po' prima di tagliarla e impacchettare le fette.

"Il caffè sta venendo su," gridò. Avrebbe dovuto sapere che i suoi cowboy avrebbero voluto un po' di torta prima di uscire. Non lo avrebbe mai imparato.

In quindici minuti, JJ aveva un piatto colmo di fette di torta fumante e servì il caffè. Si accomodò tra Dan e Rafe che sedeva sul divano del soggiorno. Aprirono la mappa sulle sue gambe e le mostrarono le aree dove ciascuno di loro avrebbe lavorato. Le avevano già fornito quelle informazioni, ma i ragazzi erano così fieri dell'estensione della loro proprietà che il loro entusiasmo era sempre contagioso, e lei non si stancava mai di guardare quelle mappe.

"Ho lasciato un elenco delle cose da fare nel fienile sul banco da lavoro proprio nel granaio," disse Brady dalla poltrona su cui era seduto di fronte a loro.

JJ annuì. "Bene."

Durante l'estate, le avevano spiegato cosa doveva fare quando loro erano fuori. Dubitava di aver bisogno di guardare la lista. JJ sapeva cosa fare: dar da mangiare al bestiame nei recinti, pulire le stalle, aggiungere paglia fresca, assicurarsi che la temperatura non fosse troppo fredda nella stalla. Sapeva come far funzionare i generatori nel caso in cui l'elettricità andasse via. Si era anche occupata di inscatolare alcune delle verdure dell'orto e conservarle in cantina per l'inverno. Avrebbe fatto anche altro, mentre loro erano via.

Prima del ritorno dei ragazzi, JJ sperava di imparare a fare la torta di zucca con una di quelle enormi zucche arancioni che stavano nell'orto. Aveva anche una piccola sorpresa in serbo per loro per quando fossero tornati. Si morse il labbro inferiore, mentre un tremito di eccitazione la scuoteva. Non vedeva l'ora che tornassero a casa e loro non erano ancora nemmeno partiti!

"Signora, conosco quello sguardo," disse Brady con voce impastata.

Il respiro di JJ le si troncò nel petto quando vide il suo sguardo bollente. Dan e Rafe smisero di parlare concentrando l'attenzione su di lei.

"Tutto quello che sto pensando accadrà quando tornerete. Non c'è tempo ora. Sarà molto più bello quando tornerete."

Tutti e tre mormorarono la loro delusione. Non riusciva a credere che stesse davvero dicendo no al sesso. Doveva farsi visitare da uno strizzacervelli, ma lei aveva organizzato tutto. Doveva mantenere la concentrazione dei suoi uomini sul lavoro da fare, in modo che non interferissero con i suoi piani.

"Avanti, mangiamo. La torta si sta raffreddando e ormai il sole splende."

Prese una fetta di torta e diede un grosso morso seguito da un sorso di caffè dolce. Dovette ammettere di essere una brava cuoca. I ragazzi seguirono il suo esempio e cominciarono a mangiare. Era grata, almeno per ora, che la cucina avesse la precedenza sul sesso.

Sì, lei avrebbe davvero dovuto farsi visitare.

IL GIORNO PASSÒ SENZA che dovesse preparare pranzo e cena per i ragazzi. Kaley sarebbe arrivata nel tardo pomeriggio e JJ utilizzò quel tempo per fare le faccende necessarie nel fienile e occuparsi del bestiame. Doveva ammettere che si sentiva dispiaciuta per le vacche, sapendo che avrebbero trascorso i successivi mesi invernali all'aperto e al freddo per ingrassare grazie al fieno e agli integratori che i ragazzi avrebbero portato loro ogni giorno. Ma quando fosse arrivato il caldo e la neve si fosse sciolta, le mucche avrebbero avuto tonnellate di erba da mangiare. I ragazzi le avevano detto che quando le bestie avessero raggiunto i cinque anni sarebbero state pronte per essere vendute.

Molti delle giovani vacche nate all'inizio dell'anno erano già nei pascoli che circondavano il ranch, svezzate dalle loro madri. Beh, almeno le mucche del Moose Ranch avevano una vita migliore rispetto a quelle che si trovavano in commercio, alimentate a mais e integratori, ormoni della crescita, antibiotici, e che venivano macellate entro i due anni di vita.

JJ cercò di scacciare il dolore. Dopotutto, quel ranch viveva della carne biologica che produceva. Era la sua vita e lei non riusciva a immaginare di vivere altrove.

QUANDO USCÌ DALLA PENOMBRA della stalla, JJ si schermò gli occhi dal sole pomeridiano di metà ottobre. Il remoto ronzio di un aereo in avvicinamento la fece affrettare.

Kaley era arrivata!

JJ si precipitò in casa, si lavò le mani in bagno, prese un top pulito e pantaloni caldi dal cesto della biancheria in cui prima aveva piegato il bucato, si cambiò rapidamente, prese l'equipaggiamento e uscì.

Arrivò giù al lago appena in tempo per aiutare Kaley a fissare l'aereo galleggiante al molo. L'istruttrice osservò pazientemente mentre JJ faceva la verifica esterna prevolo e si complimentò per lavoro ben fatto quando lei ebbe finito.

"Ero seria in ospedale, sei davvero portata per questo. E dovresti anche iniziare a volare da sola. Ancora una volta con me oggi, e poi da sola. Va bene?"

JJ annuì. Il complimento di Kaley la fece arrossire.

"Sali, penserò io a mollare gli ormeggi," la istruì Kaley.

JJ fu colta dal nervosismo quando salì a bordo dell'aereo e lasciò lo spazio aperto per chiudersi tra le pareti d'acciaio dell'aereo.

Per fortuna, lei non provava più la schiacciante, mortale sensazione di panico che l'aveva tormentata durante le prime lezioni di volo, ma era comunque una sensazione di forte disagio. Doveva tenere il suo nervosismo sotto controllo prima che le rovinasse tutti i piani di quel giorno. Gettando lo zaino su uno dei sedili posteriori, JJ si spostò lungo il corridoio fino alla cabina di pilotaggio e si sistemò sul sedile del pilota. Il familiare odore di carburante le calmò i nervi a fior di pelle.

Quando Kaley la raggiunse, JJ iniziò l'ispezione interna prevolo, contenta che la routine ormai familiare l'aiutasse a superare l'ansia. Qualche istante dopo, il suo cuore saltò di gioia quando spinse l'aereo bush sulle onde increspate. Quando poi i pontoni si sollevarono dall'acqua, la sensazione di leggerezza che provò, la fece sorridere.

Wow! Stava volando di nuovo. Chi l'avrebbe mai detto?

Dopo aver raggiunto la quota ottimale, JJ colse l'occasione per guardare giù alla lussureggiante bellezza che le circondava. Le chiome degli alberi erano un trionfo di colori autunnali. Il verde acceso degli abeti, abeti rossi e altri sempreverdi, aceri vermigli, betulle di un giallo acceso, arancio ruggine, marrone e riflessi dorati provenienti da altri alberi.

I numerosi laghi erano come bottoni blu sul colorato tessuto dell'autunno.

"Mozzafiato, non è vero?" disse Kaley sbirciando fuori dal finestrino.

"Non sapevo esistesse tanta bellezza," ammise JJ.

"La maggior parte delle persone non lo sa. Considerati una delle anime più coraggiose del mondo, JJ. Mai sottovalutare ciò che si può fare, nonostante ogni dubbio." JJ percepì il tono malinconico nella voce di Kaley mentre diceva quell'ultima frase.

"Parli per esperienza, non è vero?" la esortò a parlare.

Ad eccezione di quell'unica volta in cui si era aperta parlandole dell'incidente d'auto che aveva causato tutte le sue cicatrici, Kaley era una donna segreta e misteriosa.

Con delusione di JJ, Kaley si limitò ad annuire.

"Ricorda. Piccoli passi. Sempre piccoli passi. A volte puoi barcollare e cadere, o fare qualche passo indietro. Ma poi ti rialzi e fai altri piccoli passi. Con questo mantra, si può conquistare qualsiasi cosa."

Una fiducia che JJ non conosceva la pervase, mentre si concentrava di nuovo sul volo. Le piaceva quel nuovo senso di appagamento. Le piaceva un sacco.

BRADY GETTAVA GROSSI pezzi di prosciutto in scatola nel piatto con la zuppa di verdure, osservando le fiamme tremolanti del fuoco e aspettava che Rafe e Dan si unissero a lui. Negli ultimi giorni si erano riuniti per affrontare il duro lavoro di raduno del bestiame.

Invece di utilizzare i cavalli, usavano i loro robusti quattroruote per guidare gli animali lungo i sentieri recintati che conducevano dai pascoli verso la grande zona di attesa vicino alla ferrovia. Facevano quel percorso con il bestiame ormai da diversi anni eppure Brady non finiva mai di stupirsi di quanto lavoro e ingegno avevano messo nel progettare quella rete di pascoli recintati e i relativi sentieri fino alla linea ferroviaria e nel ritagliarsi una vita decisamente redditizia nel mezzo del vasto e impervio Nord Ontario dove ben poche persone vivevano.

Era orgoglioso delle mandrie che aveva portato ai recinti di sosta. I manzi neri erano robusti, magri e sani. Fino all'anno prima, avevano allevato solo capi di Angus nero ma poi avevano deciso di provare anche con la specie marrone. Sembrava che fosse una razza che ben si adattava all'ambiente aspro di quelle zone. Di lì a quattro anni ci sarebbe stato una specie mista di Angus nero e marrone. Entrambe le varietà sarebbero state vendute bene. La gente di città era alla ricerca di carne biologica di prima qualità e pagava di più per il fantastico gusto e tutto il duro lavoro impiegato per creare bistecche ruspanti e prive di antibiotici da consumare sulle loro tavole.

Una serie di rumori sospetti portò Brady a brandire il fucile. Due scoiattoli uscirono correndo da sotto il fogliame proprio vicino a lui, uno dietro l'altro. Brady si rilassò e ripose il fucile contro il tronco caduto sul quale era seduto. Non era una grande idea quella di restare così in balia degli elementi.

Nelle vicinanze c'era la sagoma di un vecchio capanno, ma il tetto era crollato l'anno prima durante una forte nevicata. Avevano previsto di costruire, l'anno successivo, un rifugio nuovo che resistesse alle intemperie.

Fino ad allora, si sarebbero accampati nel piccolo prato accanto al vecchio capanno e avrebbero utilizzato una grande tenda di tela per dormire e cucinato i pasti all'aperto.

Quando scese la notte, il bestiame cominciò a farsi silenzioso e ad emettere solo qualche muggito occasionale. Da qualche parte, lontano, una strolaga intonò un motivo solitario e in cielo le nubi blu scuro si spostavano spinte dal vento gelido. Brady non si sarebbe sorpreso se quella notte avesse nevicato.

Un'inattesa tempesta di neve li aveva colti di sorpresa durante il loro secondo anno lì buttando uno spesso strato di neve, che li aveva bloccati. Fortunatamente all'alba, il sole caldo aveva sciolto la neve o loro sarebbero stati costretti ad abbandonare i veicoli e prendere il treno insieme al bestiame fino a Thunder Bay. Poi sarebbero dovuti tornare indietro con un aereo della North Country Air.

Da allora, per evitare qualsiasi neve a sorpresa, da allora spostavano il bestiame con una settimana di anticipo e, fino a quel momento, erano stati fortunati perché non erano più stati sorpresi da un'altra tempesta come quella.

Nel corso delle ultime settimane, aveva pensato molto a JJ e al suo desiderio di volare. Lei non ne aveva più parlato, così lui aveva taciuto. Tranne ovviamente quando guardava le bolle di trasporto. Non poteva che esprimersi in maniera esplicita riguardo ai nuovi prezzi.

L'idea di JJ di comprare un aereo per il ranch era buona. Ma semplicemente non intendeva approfittare di lei. Saperla in volo e in balia degli elementi e di tutto quello che poteva andar storto su un aereo, lo faceva impazzire di preoccupazione.

Lei certo era cambiata dalla donna vulnerabile e spaventata che era arrivata lì quasi un anno prima. Ora, era a suo agio con loro. Chiedeva sesso che sembrava piacerle immensamente. Aveva anche notato che la sua ansia e gli attacchi di panico erano quasi inesistenti ormai. A meno che non fosse semplicemente in grado di nasconderli meglio di prima.

Brady si mordicchiò il labbro inferiore e girò la zuppa. Aveva un buon odore. Il suo stomaco brontolò e gli venne l'acquolina in bocca. Sperava che i ragazzi arrivassero presto, perché se così non fosse stato, non ci sarebbe rimasta zuppa per loro.

Beh, almeno non sarebbe rimasto a lavare i piatti, quella sera. Era una delle loro regole quando trasferivano il bestiame: il primo ad arrivare cucinava, il secondo passava la notte fuori, l'ultimo lavava i piatti.

Sorrise e prese la gavetta.

Rafe si sentì felice quando vide il fuoco tremolare davanti a lui. Aveva appena finito di guidare la sua ultima mandria in uno dei recinti di sosta e il suo stomaco era dannatamente vuoto. Aveva lasciato il suo veicolo parcheggiato fuori dai recinti preferendo camminare per muovere un po' la gamba. Si irrigidiva ancora, alla fine della giornata, e stare seduto mentre guidava il bestiame fuori dai pascoli e lungo i sentieri fin lì, la rendeva ancor più difficile da articolare.

Non lo aiutarono certo alcuni capi di bestiame che si dimostrarono ostinati, rifiutando di lasciarsi raggruppare lungo i sentieri recintati che li avrebbero portati alla linea ferroviaria. Forse, istintivamente sapevano che sarebbero partiti per andare al macello. O forse semplicemente apprezzavano la libertà dei pascoli rigogliosi e aperti rispetto ai sentieri recintati.

Quel bestiame ostinato gli ricordava se stesso, Dan e Brady e la ragione per la quale avevano lasciato la frenetica vita cittadina. Erano venuti lì per la loro fame di libertà, per vivere dei frutti della terra ed essere padroni di se stessi.

Esalò una nuvoletta di alito caldo nell'aria fredda e accelerò il passo. La notte era dannatamente fredda ma si trattava solo di una notte da trascorrere all'addiaccio. Il treno sarebbe arrivato la mattina seguente e avrebbero potuto iniziare a caricare le mucche.

Si sarebbe risolto tutto in una giornata. Al calar della notte avrebbero guidato lungo i sentieri fino a un altro rifugio a circa dieci miglia da lì e la sorte voleva che quel capanno fosse quello in cui aveva avuto il suo strano incidente. Certo, non vedeva l'ora di rivivere i suoi incubi legati a quel luogo.

Quando vide Brady seduto accanto al fuoco, stava sorseggiando qualcosa con entusiasmo da una tazza fumante. Brady indicò una pentola con coperchio posta su una griglia in acciaio in mezzo al fuoco.

"Zuppa di verdure con pezzi di prosciutto. C'è anche del pane a fette che ho già imburrato." Brady indicò all'amico un vicino tronco d'albero che usavano come tavolo.

"Accidenti, che buon profumo. Dan è in ritardo?" chiese lui raccogliendo la minestra in una tazza di latta e afferrando avidamente una grossa fetta di pane imburrato.

"A quanto pare passerai la notte fuori, amico."

Rafe grugnì il suo ringraziamento. Era un sollievo anche il solo sedersi, stare accanto al fuoco, pensare a JJ e mangiare.

"Io ho finito con la mia mandria. Tu?" chiese Rafe.

Brady annuì. "Un paio d'ore fa. Dan dovrebbe essere qui a breve. È uscito per il suo ultimo giro poco dopo che sono arrivato qui."

"C'è un bel po' di bestiame quest'anno, eh?" chiese Rafe.

Si gonfiò di orgoglio mentre Brady sogghignava.

"Penso che abbiamo messo da parte più del necessario per lo speciale regalo di compleanno di JJ. Praticamente è già impacchettato, per così dire," rispose Brady.

Sì! Non avevano mai detto a JJ che ora sapevano la data del suo compleanno. Nel corso dei mesi gliela avevano chiesta ma lei l'aveva tenuta segreta per qualche motivo sconosciuto. Grazie a Brady che aveva sollecitato la sorella Jenna, ora conoscevano la data.

Mancavano proprio pochi giorni al suo compleanno e lui sperava che quel che le avevano preparato le piacesse.

Quando Dan arrivò al campo, aveva il sedere dolorante, le orecchie gelate e lo stomaco vuoto.

Brady e Rafe erano già lì, il che significava che quella sera gli sarebbe toccato lavare i piatti.

Una schifezza, ma andava bene così tanto era l'ultima notte che passavano all'aperto. Non si era reso conto di quanto gli sarebbe mancata JJ e ora, a lavoro quasi finito, gli mancava ancora di più.

"Ho trovato una carcassa fuori da uno dei pascoli," disse Dan sedendosi su un ceppo di albero che usò come sedia. Una fatica piena di soddisfazione lo pervase, ora che il lavoro era finalmente agli sgoccioli. Accettò una tazza fumante di zuppa e una grossa fetta di pane imburrato da Rafe.

"Probabilmente il branco di lupi che ha ucciso le mucche nel mio settore," rispose Rafe.

"Sì, probabilmente. È roba vecchia, come la tua. Sono rimaste solo le ossa. Spero solo che non si dirigano a sud verso i capi giovani," disse Dan.

Gli altri due grugnirono, ma non dissero nulla. Dan sapeva che erano tutti troppo stanchi per chiacchierare. Era ora di mangiare e di pensare.

Non era insolito perdere qualche capo di bestiame ogni anno a causa dei predatori. Ma se le cose fossero peggiorate, allora avrebbero dovuto dare la caccia al branco. Per ora però avrebbero solo aspettato e sarebbero rimasti a guardare cosa succedeva.

Dan sorrise a quello che Brady gli aveva confermato nel corso della prima parte della giornata, quando lo aveva incontrato sul sentiero a parlare con qualcuno al telefono satellitare. Si chiese che cosa avrebbe detto JJ quando si sarebbe svegliata il giorno del suo compleanno e avesse trovato i regali che avevano preso per lei.

Tutto quel duro lavoro ne sarebbe valso la pena se i suoi regali le fossero piaciuti.

Il sorriso di Dan si allargò mentre sorseggiava la sua minestra calda con entusiasmo e masticava rumorosamente il delizioso pane.

L'ECCITAZIONE DI JJ ebbe un picco quando guardò oltre il parabrezza giù al terreno accidentato che c'era sotto di lei. Erano le sue ultime ore di volo in solitaria prima che i ragazzi rientrassero. Poi la sua vita sarebbe tornata alla solita routine.

Il sole splendente sbucava attraverso le nubi blu scuro, gettando un bagliore sul colorato tappeto dalle tonalità autunnali proprio sotto di loro. Più avanti, sul lago, le bianche creste delle onde significavano che l'atterraggio sull'acqua sarebbe stato piuttosto brusco. Quando lei era partita, il cielo era limpido e il vento calmo, ma erano arrivate le nuvole e i venti forti come il meteorologo aveva predetto in rete.

JJ non era nervosa. Non molto, almeno.

Negli ultimi giorni, aveva passato un paio d'ore al giorno a volare da sola ma era ancora troppo tesa per provare a ottenere la licenza di pilota privato. Mentre si preparava ad atterrare, si ricordò la conversazione che aveva avuto con Kaley nel corso della giornata, quando l'istruttrice l'aveva vista fare l'ispezione prevolo.

"Sai cosa? Penso che accetterò l'offerta che mi hai fatto prima," aveva detto JJ.

"Quale offerta?" chiese Kaley con un cipiglio.

"Hai detto che avresti cercato un aereo in vendita adatto a me."

"Ah, quello. Sicuro, me lo ricordo. Beh, non ho visto ancora niente di adatto ma sto tenendo gli occhi aperti."

JJ ne rimase delusa.

Oh beh, era meglio così, in ogni caso. Non poteva certo acquistare un aereo. Erano costosi. Anche quelli usati a cui aveva dato un'occhiata online. Ma un giorno...

JJ fece atterrare l'aereo senza difficoltà e lanciò la corda verso Kaley, che l'ormeggiò al molo. Quando JJ scese sul pontone con lo zaino in mano, inspirò profondamente. L'aria autunnale aveva un odore di fresco e pulito. Se non avesse saputo che era impossibile, avrebbe giurato di sentire l'odore della neve nell'aria. Dopo una breve conversazione con Kaley riguardo al loro successivo incontro, si abbracciarono e si salutarono e poi Kaley scomparve nell'aereo. Pochi minuti dopo, il velivolo bianco s'impennò verso il cielo e presto scomparve oltre le cime degli alberi. JJ si sentiva eccitata e orgogliosa.

Sì, forse un giorno avrebbe potuto avere un aereo tutto suo.

8.

Rafe sognava oscurità, dolore e disperazione. Sognava l'ululare dei lupi grigi con gli occhi neri e lucenti zanne rosso sangue. Nel suo incubo, si trovava di nuovo nel rifugio dopo essersi ferito alla gamba.

Intrappolato, immobile. Impotente. Infreddolito.

Sto per morire.

Si svegliò in un bagno di sudore freddo e si mise a sedere. Non appena lo fece, un dolore lancinante gli esplose nella testa e per un attimo non si rese conto di quello che era appena accaduto. Poi trasse un respiro corto, come vide la luce della luna filtrare attraverso una delle finestre della capanna. Imprecò a bassa voce e ricordò.

Quella precedente era stata una lunga giornata trascorsa a contare i capi di bestiame mentre venivano caricati sui carri merci. Un vento molto freddo e fiocchi di neve avevano mulinato giù dal cielo grigio acciaio per tutto il giorno. Quando il treno era ripartito, loro avevano imballato le proprie attrezzature ed erano tornati al rifugio. Al luogo che ossessionava i suoi sogni.

Accidenti, quell'incubo era frustrante. Rafe si passò una mano sulla ferita alla fronte e imprecò a bassa voce.

Aveva preso la cuccetta più bassa e quando si era messo a sedere, si era fracassato la testa sulla trave di legno del letto superiore ma sembrava che il rumore non avesse svegliato gli amici. Un russare sommesso echeggiava per la stanza.

Dan e Brady dormivano sonni tranquilli nelle vicine cuccette più basse. Probabilmente a sognare la loro prossima notte con JJ. Pensare a lei gli scaldava il sangue nelle vene. Era la donna più bella e dolce del mondo e lui non riusciva a vedersi accanto a nessun'altra.

Diavolo, lo scenario adesso era così diverso dall'ultima volta che era stato lì. Quell'oscurità non avrebbe dovuto ossessionante le sue notti. Con un sospiro frustrato, Rafe scese dalla sua cuccetta. La camera era ancora calda grazie al fuoco che avevano alimentato nel forno a legna quando erano arrivati, così, in biancheria intima andò con passo felpato fino alla finestra più vicina. Guardò fuori e rimase senza fiato davanti al paesaggio sotto il chiaro di luna. Il prato che circondava la capanna era illuminato da argentei fiocchi di neve. Non abbastanza perché attecchissero al terreno ma quanto bastava per rendere tutto bello mentre i fiocchi candidi baciavano i bordi del davanzale e i vicini rami di pino. Guardò lo scenario per un po', sapendo che se fosse andato a letto non sarebbe più riuscito a dormire.

Tranquillamente mise un po' di legna nella stufa e sistemò una pentola d'acqua per il caffè. Poi si vestì. Quando fu pronto, l'acqua era abbastanza calda così preparò un po' di caffè solubile. Lo avrebbe bevuto fuori. Si mise il cappello e il cappotto, prese la tazza fumante e si diresse verso la porta. Poco prima di uscire, esitò vedendo l'ascia appoggiata al muro. Un brivido lo attraversò.

Era la sua ascia.

Uno dei ragazzi l'aveva portata dentro. Guardò la scarsa catasta di legna accanto alla stufa di ghisa e si ricordò che non c'era molta legna di emergenza nemmeno fuori. Forse avrebbe dovuto riprendere da dove aveva lasciato l'ultima volta che era stato lì?

Allungò la mano, che tremò mentre si librava sopra il manico dell'ascia. Quell'attrezzo gli riportò alla memoria i ricordi del dolore provato, del senso di impotenza, della lama conficcata nella gamba.

Quella era una sfida, perciò ne afferrò il manico.

Basta con questa merda!

Avrebbe spaccato la legna.

Dannazione alle sue paure. E dannazione ai suoi incubi. Avrebbe scacciato i suoi demoni, proprio come JJ stava scacciando quelli tormentavano lei.

Rafe si chiuse silenziosamente la porta alle spalle. Lasciò la sua tazza di caffè sulla ringhiera del portico e scese i gradini fino a dove si trovava il ceppo che sembrava essere lì in attesa di lui. Senza esitazione afferrò un ceppo dalla catasta alta fino alla spalla, lo mise su un tronco e iniziò l'operazione di cacciata dei demoni che tormentavano lui e i suoi sogni.

Provò una grande soddisfazione quando la lama tagliò a metà il tronchetto. E man mano che spaccava la legna, la fiducia in sé aumentava. Quando ebbe finito, il giaccone era appeso alla ringhiera vicina, il sudore gli bagnava la fronte e gli inzuppava il maglione e tutti i muscoli gli facevano un male cane.

Lui sorrideva soddisfatto mentre fissava la pila di tronchi spaccati che raggiungeva l'altezza della sua vita.

Wow. Aveva spaccato legna come un pazzo e non era successo nulla. Ora capiva cosa volesse dire spingersi oltre i limiti della propria paura. Sembrava esilarante aver tagliato così tanta legna senza che nulla fosse accaduto.

È stato liberatorio.

Quando si allontanò dal mucchio di legname per prendere il giaccone, un movimento percepito con la coda dell'occhio catturò la sua attenzione. Con sua sorpresa, Dan e Brady erano lì vicino con una fumante tazza di caffè in mano e lo guardavano.

Brady sorrise e poi alzò la tazza di caffè in segno di saluto.

"Mi stavo chiedendo quando avresti finito," fece Dan.

"Sei pronto a partire? Quella sembra neve," disse Brady e lui annuì guardando il cielo grigio illuminarsi. Era già l'alba. Doveva aver spaccato legna per ore. Un uomo posseduto dai demoni.

Ora sperava di aver scacciato quei demoni una volta per tutte.

"Portiamone dentro un paio di carichi per chi verrà qui in primavera," disse Rafe.

Sorrise mentre Brady e Dan invece grugnivano entrambi. Ma sapeva che lo avrebbero aiutato perché era così che lavoravano, come una squadra ben oliata.

I due sistemarono le tazze sul vicino davanzale del capanno e in pochi secondi si unirono a lui a chiacchierare amenamente sul lungo viaggio di ritorno al ranch e al loro dolce culetto d'oro che li aspettava.

JJ.

Quando Brady scorse la casa nel buio con le luci burrose che illuminavano praticamente tutte le finestre del primo e del secondo piano, si sentì felice e all'improvviso tutta la sua stanchezza scomparve. Era un vero e proprio spettacolo di benvenuto.

Diavolo, era contento di essere a casa. Una settimana e un giorno erano davvero troppi lontano da JJ. L'anno successivo, avrebbero assunto qualcuno per occuparsi della casa e l'avrebbero portata con loro. Sorrise a quel pensiero sapendo che i suoi amici sarebbero stati d'accordo con lui.

Brady portò il suo quattroruote nel cortile e aspettò che arrivassero Rafe e Dan. Pochi secondi dopo, i motori dei loro quad ruggirono nel cortile dove poi i ragazzi si tolsero i caschi.

"È bello essere di nuovo qui," disse Rafe facendo l'occhiolino mentre si dirigeva verso la porta.

"Dannatamente bello," concordò Dan raggiungendolo con un passo. Brady ridacchiò seguendoli da dietro.

Avevano viaggiato per tutta la giornata ma avevano perso un paio d'ore perché avevano dovuto segare alcuni alberi caduti sul sentiero a causa dei forti venti. Avrebbero saltato la cena per recuperare il tempo perduto.

Erano stanchi e avevano fame. In tutti i sensi.

Brady rimase sorpreso del fatto che JJ non fosse andata ad accoglierli, ma quando entrarono in casa c'era un buon odore. Era un misto di caffè, arrosto di manzo e ... torta di zucca? Gli venne l'acquolina in bocca nel sentire il profumo di cannella e peperoncino.

Diavolo, il profumo di quella torta era esattamente come quello che sentiva quando la cucinava sua madre. Il ricordo della sua mamma ormai morta lo scombussolò. Gli dispiaceva che lei e suo padre fossero morti e che non potessero conoscere JJ. Loro l'avrebbero amata, Brady era sicuro di quello. Ed era felice di aver avuto dei genitori che avevano sempre sostenuto lui e i suoi fratelli, non importava cosa facessero.

Era stato bello crescere nell'abbraccio di quell'immenso amore e di quella sicurezza. Era ancora in contatto con tutti i suoi fratelli, ma loro avevano una vita propria molto impegnata. Soprattutto Boone, che era solo un anno più giovane di lui. Erano così vicini per età che erano sempre stati inseparabili da bambini.

L'ultima volta che aveva parlato con il fratello Boone, aveva saputo che lui e un suo amico stavano parlando di avviare un proprio ranch lontano, a ovest. Un giorno avrebbe organizzato un incontro per poter stare tutti insieme e recuperare il tempo perduto.

Brady scacciò il pensiero dei suoi fratelli e si chiese dove fosse JJ. Nonostante l'ora tarda, pensava che sarebbe stata lì ad accoglierli, felice di rivederli. Con quei deliziosi profumi provenienti dalla cucina, doveva essere lì da qualche parte.

Quando entrarono nella zona cucina e sala da pranzo, Brady guardò Dan e Rafe. Nessun segno di JJ. Dan aggrottò la fronte e Rafe si strinse nelle spalle.

"Dov'è?" sussurrò Dan.

Brady fece un cenno verso il tavolo da pranzo. Era apparecchiato con una tovaglia di lino bianco e con i loro migliori piatti e posate. Al fresco in un contenitore per il ghiaccio stavano bottiglie di vino rosso e bianco. Il caffè filtrava nella macchina.

Sul tavolo c'era un'insalata di patate intrisa di prezzemolo e senape. Una colorata composizione di verdure del loro orto e una casseruola.

Brady osservò Dan sollevare il coperchio del piatto. Una nuvola di vapore si arricciò verso l'alto. Gli venne l'acquolina in bocca quando sentì il profumo di cipolle e altre spezie.

"Arrosto di manzo con cipolle. Ha un profumo dannatamente buono," disse Dan quando rimise a posto il coperchio.

"Ci sono tre torte di zucca calde nel forno ma il forno è spento," disse Rafe guardando all'interno della stufa.

Brady vide un piccolo cesto di vimini bianco sul bancone della cucina. Il cestino era decorato con un bel fiocco blu scuro. Un biglietto pendeva dalla maniglia.

Brady lo prese.

La calligrafia femminile di JJ era ordinatamente vergata sulla carta.

Bentornati a casa, cowboy. Cosa scegliete? Cena con arrosto di manzo e torta di zucca ... o me?

Trovatemi se ci riuscite e non dimenticate i vostri cappelli da cowboy.

Brady imprecò a bassa voce. Dan e Rafe gli si radunarono intorno. Imprecarono in silenzio mentre leggevano a loro volta l'invito di JJ.

"Diavolo, sa bene come dare il bentornato a casa a tre cowboy stanchi," disse Rafe. Eppure non c'era un briciolo di stanchezza nella sua voce.

Brady sentì che anche le sue batterie si stavano ricaricando mentre Dan prendeva le tre confezioni di preservativi dal cestello. Ne gettò una a ciascuno di loro e ne tenne una per sé.

"Ci sono anelli fallici anche qui. Uno per ognuno di noi," disse Dan.

"Sono già troppo duro per mettermene uno," si lamentò Rafe.

Brady deglutì quando sbirciò all'interno del cestello. *Oh bella.* Sollevò diversi tubi di olio per massaggi di diverse profumazioni.

"Lavanda, vaniglia, fragola, lillà, prugna, melone. E cioccolato," disse ad alta voce.

"Dannazione, c'è un sacco di olio da massaggio. Dobbiamo esserle davvero mancati," sussurrò Rafe con un sorriso.

"Dove diavolo ho lasciato il mio cappello da cowboy?" chiese Dan all'improvviso. Afferrò l'olio profumato di lillà, prese la scatola di preservativi e si avviò verso le scale.

"Vado a cercarla di sopra," disse Rafe prendendo un anello fallico, una bottiglia di olio e correndo dietro a Dan.

"E ho bisogno di una doccia," disse Brady sottovoce.

Nonostante la pulizia in un torrente poche ore prima, era convinto di avere ancora addosso l'odore della foresta. JJ avrebbe apprezzato un cowboy che sapeva di pulito. Afferrò un pacco con l'anello fallico e l'olio da massaggio al cioccolato e si diresse verso la doccia più vicina, in fondo al corridoio.

JJ era seduta tranquillamente nell'armadio della camera da letto. Aveva appena finito di preparare la tavola quando aveva guardato fuori dalla finestra della cucina e visto i fari che penetravano il sentiero buio.

Erano tornati! In ritardo, ma ehi, meglio tardi che mai. L'avevano contattata nel pomeriggio tramite il telefono satellitare per dirle che avrebbero ritardato a causa degli alberi caduti sul sentiero e che avrebbero saltato la cena per recuperare il tempo perduto.

JJ aveva utilizzato quel tempo per raccogliere gli ingredienti per preparare una cena per loro e per cuocere le torte di zucca. All'inizio della giornata, Jenna aveva chiamato cercando Brady e JJ le aveva detto che era sul punto di setacciare la rete in cerca di una ricetta per una torta di zucca decente quando Jenna le aveva detto che le avrebbe inviato quella della sua defunta madre, assicurandole che a Brady e ai ragazzi sarebbe piaciuta.

JJ si era persino spogliata indossando nient'altro che una vestaglietta mentre cantava e cucinava.

Poi il rombo dei quad l'aveva fatta scattare verso il suo nascondiglio. Nel suo biglietto, aveva detto loro che avrebbero dovuto trovarla. Aveva programmato di nascondersi nella stanza degli ospiti al piano di sopra, ma quando aveva percorso il corridoio per sbirciare attraverso la finestra della mudroom, Brady, Dan e Rafe erano già nel giardino che si stavano avvicinando alla casa. Allora era stata presa dal panico ed era scivolata nella prima stanza disponibile, l'ufficio.

Sapendo che c'era una buona probabilità che uno di loro sarebbe entrato lì e l'avrebbe trovata, JJ si nascose nell'armadio.

Mentre aspettava, JJ guardò intorno nell'interno buio. Per alcuni strazianti secondi, il disagio familiare delle pareti che le si chiudevano addosso le diede dell'ansia, ma subito concentrò i pensieri lontano dalle sue paure. I suoi pensieri andarono al patrigno che picchiava la madre dall'altro lato della porta dell'armadio. E la uccideva.

Una lunga sequenza di brividi l'attraversò ma lei si costrinse a placarla respirando rapidamente. Sapeva di dover stroncare quell'ansia sul nascere prima che si trasformasse in qualcosa di incontrollabile.

I ricordi non possono farmi del male. Non lascerò che questa paura rovini la mia serata. I miei pensieri non mi possono fare del male. Pensa a qualcos'altro. A qualcosa di piacevole.

JJ sorrise e annuì.

Amava i suoi cowboy. Brady. Dan. Rafe. I suoi tre uomini tenevano il suo cuore prigioniero e il suo corpo in ostaggio dei piaceri che loro le davano così liberamente.

Oh ragazzi, lei aveva bisogno di vedere i loro dolci volti. L'impazienza le fece aprire la porta dell'armadio e inspirò l'aria fresca.

Silenzio. Dove erano andati? Di sopra? In cerca di lei.

Un sibilo le giunse all'orecchio da qualche parte nelle vicinanze. La doccia? Uno dei ragazzi stava facendo una doccia lì?

Hmm, che posto delizioso per nascondersi mentre gli altri due la cercavano. Un forte calore la pervase mentre spiava il cappello da cowboy nero di Brady appeso a un gancio sul retro della porta dell'ufficio. Si chiese chi avrebbe trovato sotto la doccia.

Prese il cappello e se lo calò sulla testa, poi in punta di piedi uscì dall'ufficio, e nel corridoio.

Sorrise quando sentì due serie di passi salire al piano di sopra.

Un attimo dopo, scivolò nel bagno caldo e pieno di vapore. Su un ripiano giacevano gli abiti spiegazzati. JJ riconobbe la camicia di flanella a quadri e il maglione verde di Brady. Un'ombra si muoveva dietro la porta della doccia in vetro smerigliato e vide l'olio da massaggio al cioccolato sul ripiano nonché la scatola di preservativi.

Perfetto!

In un lampo, si tolse la vestaglia e rapidamente si massaggiò l'eccitante olio al cioccolato commestibile sui seni, sul ventre e tra le cosce. Prese un preservativo dalla scatola, strappò la confezione e se lo mise tra i denti, attenta a non tagliare la barriera sottile.

Poi si fermò. Un buco nel preservativo avrebbe potuto farla rimanere incinta.

JJ sospirò all'idea.

La famiglia che hai sempre desiderato è proprio qui che ti aspetta.

Un bambino con Brady.

Oh, wow. Aveva giocato con l'idea che un giorno il preservativo si rompesse e lei potesse rimanere incinta. Aveva pensato di avere dei bambini. Di crescerli lì. Di farli studiare da casa.

Tre bambini. Tre padri diversi.

Lei sorrise mentre immaginava di avere bei bambini, ognuno con le caratteristiche del loro padre. Li avrebbe trattati con la delicatezza con cui l'aveva trattata sua madre. Sarebbe stata la loro guida, non li avrebbe criticati, non li avrebbe sgridati.

Non riusciva a pensare ad altri uomini che avrebbe voluto come padri dei suoi figli. L'idea di fare dei bambini la eccitò. Quanto strano era quello? O forse era erotico? JJ allungò la mano e lentamente aprì la porta a vetri della doccia.

Il sapone alla lavanda che Brady stava usando aveva lo stesso profumo di JJ, pensò voltandosi verso il muro e lasciando che i getti d'acqua calda gli schiaffeggiassero il volto mentre strofinava il sapone sui muscoli tesi. Era appena entrato nella doccia e già non vedeva l'ora di uscire e andarla a cercare.

Diavolo, come gli era venuto in mente di fare la doccia? I ragazzi probabilmente l'avevano già trovata e la stavano legando al letto, pronti a darsi i turni con lei. Desiderava così tanto vederla che il suo cazzo era durissimo al punto che non pensava che sarebbe riuscito ad indossare l'anello fallico. Ma dopo qualche rapida manovra, l'anello ora torturava la base del suo uccello. Torturava in senso buono.

Mentre si lavava il petto, Brady pensava a quanto deliziosa sarebbe apparsa JJ con i polsi legati e le gambe e le braccia spalancate. Il suo corpo avrebbe tremato nell'attesa di lui, nell'attesa che lui salisse sul letto, la montasse e si spingesse in lei.

I suoi respiri accelerarono e con sua grande sorpresa gemette ad alta voce. Il suono era gutturale. Primordiale. Animalesco.

Fece un passo indietro e lasciò che l'acqua gli sferzasse il petto. Qualcosa gli toccò la natica. Fu un tocco così leggero che pensò fosse di una mosca che si trovava nella doccia.

Sarebbe stata la prima.

All'improvviso, un tocco leggero gli sfiorò la spalla sinistra. Lui guardò giù e sorrise mentre ne vedeva le dita.

Ragazza furbetta.

In un lampo, si voltò, la schiena contro la parete della doccia.

Accidenti, JJ indossava il suo cappello da cowboy nero ed era deliziosa. Lo sguardo di sorpresa nei suoi occhi scintillanti lo eccitò e la vista del preservativo nero che lei aveva tra le labbra fece reagire prepotentemente il suo uccello.

Le emozioni che la invasero quasi la uccisero. Era rimasta sorpresa da quanto velocemente Brady si era mosso e la rapidità con cui lui l'aveva sopraffatta le aveva troncato il respiro facendole cadere il preservativo dalle labbra.

Riflessi impressionanti. Ottimo materiale per un padre.

Il cupo desiderio che gli scintillava nello sguardo le face allungare le mani e intrecciare le dita tra i suoi capelli bagnati. Si alzò in punta di piedi, schiuse le labbra e inclinò la testa verso quella di lui.

Wow, era proprio bello. Non si era rasato, quindi la sottile barba ispida e scura le accarezzò le guance e il mento.

Che uomo sexy. Tutto suo. Il suo uomo.

Si avvicinò e il calore del suo corpo caldo accarezzò la sua carne. JJ lo baciò e il suo mondo ne rimase sconvolto. Brady appoggiò le braccia su entrambi i lati delle spalle di lei, e le baciò la schiena con tale intensità che la mente di JJ andò fuori controllo e l'istinto prese il sopravvento.

La testa del pene di Brady, calda e dura, massaggiò il suo clitoride sensibile, facendola gemere a quell'esplosione di piacere. Le labbra di Brady schiusero le sue, la sua lingua si spinse dentro e accarezzò quella di lei come un perduto amante. Non sapeva per quanto lui l'avesse baciata e ricordava vagamente di essersi staccata da lui. Si ritrovò a fissarlo, a studiare ogni dettaglio del suo viso, della sua bocca splendida. D'un tratto la voce profonda di Brady sussurrò attraverso i suoi sensi.

"Che c'è, JJ? Perché mi guardi in questo modo? Cosa vuoi, dolcezza?"

All'improvviso voleva solo implorarlo, dirgli ciò che sapeva nel profondo del suo cuore. Che non era mai stata così sicura di niente nella sua vita.

"Dammi un bambino, Brady."

Non era certa che lui l'avesse sentita perché non batté ciglio. Il suo volto era privo d'espressione mentre la fissava.

Era sconvolto, forse? Pensava che fosse pazza? Forse lo era ma si sentiva in diritto di avere Brady come padre del suo primo figlio.

"Beh, non me lo aspettavo," mormorò lui tenendo lo sguardo su di lei. Sembrava che la stesse studiando. Forse cercava di capire se era una buona idea o no?

Per una frazione di secondo, JJ pensò che avrebbe detto di no, ma poi gli angoli della bocca di Brady si sollevarono in un sorriso che le contrasse le viscere.

"Un bambino è un legame permanente. Sei sicura?" chiese. C'era un che di erotico nella sua voce.

JJ annuì mentre una marea di emozioni le sgorgavano dal petto. Le lacrime le pizzicarono gli occhi. Le braccia di Brady si staccarono dai suoi fianchi e lei inspirò profondamente quando lui le afferrò i seni toccandoli come se fossero del cristallo più prezioso.

"Il nostro bambino che prende il latte da qui," disse. C'era del timore nella sua voce.

"Tienimi stretta e metti un bambino dentro di me."

Prima che persino finisse di pronunciare quelle parole, le labbra di Brady la sfiorarono. Poi si sciolsero, calde, stuzzicanti e possessive sulle sue.

La baciò intensamente e poi con delicatezza. La baciò fino a quando la sua bocca non formicolò e le dita dei piedi non si arricciarono.

Quando lui si staccò, JJ si sentiva così drogata e disorientata da riuscire a malapena a stare in piedi.

Gli occhi di Brady erano scuri e lussuriosi, le sue labbra rosse mentre lui abbassava lo sguardo sul seno di JJ.

"Come posso rifiutare dei seni ricoperti di cioccolato?" mormorò con voce impastata.

Lei gridò quando lui abbassò la testa e succhiò un capezzolo. L'eccitazione crebbe sempre più intensa in lei mentre lui mordicchiava, succhiava e leccava. Le sue mani le lasciarono andare i seni e scesero verso il basso, sul ventre.

"Il nostro bambino che cresce dentro di te. L'idea mi eccita così tanto che a malapena riesco a sopportarlo."

È così anche per me!

JJ allargò le gambe e una delle mani di Brady si immerse tra le sue cosce tremanti. Le dita del cowboy separarono le sue pieghe oliate al cioccolato e lei s'inarcò mentre il pollice di Brady le massaggiava il clitoride con tocco sicuro.

La sua bocca si mosse verso l'altro seno. Succhiò il capezzolo e le scatenò dentro sensazioni incredibili.

All'improvviso, delle ombre comparvero sull'altro lato della porta di vetro. In un primo momento, pensò di essersele immaginate ma poi la porta si aprì.

Erano Dan e Rafe.

I loro occhi ridevano e brillavano di lussuria mentre fissavano Brady. Poi i loro sguardi catturarono JJ.

"Allora è qui che ti nascondevi," ridacchiò Dan.

Rafe annuì. Si stava mordendo il labbro inferiore. Sembrava ansioso e così sexy con un'ombra di barba sul volto.

"Ho intenzione di dare a JJ un bambino," disse Brady all'improvviso.

Non si era nemmeno resa conto che lui aveva smesso di succhiarle i capezzoli incandescenti grazie all'olio da massaggio al cioccolato. Brady continuava a massaggiare il clitoride, tenendola sempre al limite dell'orgasmo, rendendola vogliosa e bisognosa di lui.

Cercò di leggere i volti dei ragazzi in cerca di una reazione, ma loro sembravano non reagire a quello che Brady aveva appena detto. Nessuna gelosia, solo eccitazione.

"Cosa vuoi che facciamo?" chiese Rafe.

"Non indosserò preservativi da ora in avanti," disse Brady intorno al suo capezzolo. La sua voce era gutturale. Era come se stesse marcando il suo territorio.

Dan e Rafe annuirono. Era inutile dire che loro avrebbero continuato ad avere rapporti protetti con JJ ma lei sapeva che avevano capito cosa aveva detto Brady.

JJ emise un respiro strozzato quando due dita di Brady la penetrarono. Il suo bisogno di venire aumentò e lei serrò le cosce intorno alla sua mano. Senza pensare, JJ cominciò a muoversi, ma Brady si ritirò e ridacchiò.

"Non ancora, piccola. Sei bella e bagnata. Non vorrei rovinare tutto."

Si voltò verso i ragazzi.

"Tenete pronto il letto. Voglio che sia legata quando la prendo. Saremo lì in un minuto."

Dan e Rafe se ne andarono rapidamente.

La figa di JJ si strinse quando Brady la fissò negli occhi. Era serio. Severo.

"Una volta iniziato, non potremo tornare indietro. Sei sicura?" disse prendendole il mento con una mano.

JJ annuì a scatti e tutto il suo corpo si tese. Ne era consapevole.

"Ti legheremo al letto, tesoro, e ti entreremo tutti dentro ma solo io nella tua figa," disse Brady.

Le sue parole la fecero bagnare ancora di più.

"Non dire che non ti avevo avvertito, dolcezza," ringhiò.

Le lasciò andare il mento e chiuse l'acqua. In un lampo, JJ era tra le sue braccia. Entrambi erano ancora bagnati quando lui la portò fuori dalla doccia, e un attimo dopo lei era in camera da letto.

La stanza era poco illuminata, con una piccola lampada su un tavolo d'angolo.

Quello era il luogo dove tutto era cominciato. In quella camera. Era appena arrivata al ranch poco meno di un anno prima. Si era scolata una partita di vino sull'aereo bush che l'aveva condotta lì perché aveva cercato di soffocare l'ansia che le dava il trovarsi su un aereo con le pareti che le si chiudevano addosso.

Si era ubriacata e l'effetto delle medicine contro il panico che le avevano prescritto era stato potenziato dall'alcol. Quando erano atterrate sul ghiaccio, si era seduta sulle sue valigie e aveva guardato l'omone che le veniva incontro camminando sul lago proprio dove lei era seduta. Qualcosa di eccitante si era scatenato in JJ. Dopo averla portata al ranch in braccio, l'uomo si era dimostrato arrabbiato e burbero con lei e aveva cercato di farle bere del caffè per smaltire la sbornia.

L'aveva portata lì e quella notte lei aveva scoperto la sua passione per i cappelli da cowboy. Aveva insistito perché lui ne indossasse uno.

Ora Dan e Rafe stavano accanto al letto e indossavano i loro cappelli. Si accarezzavano i cazzi lunghi e gonfi e JJ rabbrividì quando scorse le corde legate ai lati del letto. Attaccate alle estremità delle corde c'erano due paia di manette di pelle bordate di pelliccia, invece di uno solo.

JJ ne restò incuriosita. Cosa volevano farci con due paia di manette? Lo avrebbe scoperto presto.

Avere tre uomini che la circondavano le fece scorrere selvaggiamente il sangue nelle vene. Era già molto eccitata per via di quello che Brady le aveva fatto sotto la doccia, ma ora a guardare le manette e a vedere i cazzi gonfi di Dan e Rafe, JJ si sentì quasi esplodere dal desiderio.

"Rafe, stenditi sul letto. Faccia in su," ringhiò Brady mentre la metteva a terra.

Rafe si mosse rapidamente e JJ lo osservò salire sul letto. I suoi movimenti erano sicuri, il suo corpo elegante, muscoloso e abbronzato.

Si sistemò sulla schiena, il suo cazzo era rigido come un palo. Gli occhi erano socchiusi quando allungò la mano sul comodino e prese un preservativo. Pochi secondi dopo, era inguainato e riprese ad accarezzarsi l'uccello, guardandola con uno sguardo predatorio che le fece capire cosa sarebbe successo.

"Lubrificale l'ano," disse Brady a Dan, poi Brady la prese tra le braccia.

"È la tua ultima possibilità, piccola. Da qui in avanti, inizieremo un lungo viaggio."

"Non cambierò idea," sussurrò lei.

Gli occhi di Brady s'incupirono e abbassò la testa. La baciò così profondamente da farle vedere le stelle.

Dietro di lei, Dan le passò un asciugamano morbido lungo le braccia, la schiena e poi giù per le gambe, asciugando l'acqua della doccia in eccesso. Le accarezzò il sedere con l'asciugamano e poi il pezzo di stoffa scomparve. JJ tremò quando sentì il suono dell'olio lubrificante. Un attimo dopo, Dan premette un dito lubrificato contro il suo ano chiuso.

JJ si bagnò e s'inarcò contro Brady mentre Dan spingeva il lubrificante in lei e poi si ritirava. La testa del cazzo di Brady spinse contro il suo clitoride, dandole sensazioni ingestibili. Una voglia incontrollabile le squassò le viscere e lei gridò nella bocca di Brady quando Dan fece scorrere due dita lubrificate nel suo ano. Sapeva che l'avrebbe preparata bene perché il cazzo di Rafe era grosso e Dan non voleva che lei soffrisse.

Usò le dita per manipolare i muscoli con il gel fino a quando non si rilassarono.

Le mani di Brady passarono morbide sul suo basso ventre, i suoi tocchi la facevano gemere e premere più forte contro Brady. Lo baciò con più avidità, alla disperata ricerca di altro piacere. Ma la sua lingua continuava a torturarla fino a quando lei cominciò a non ragionare più e il liquido del piacere iniziò a colarle dalla figa.

"È pronta." La voce di Dan era gutturale quando ritirò le dita dal culo di JJ.

Brady interruppe il bacio, entrambi avevano il fiato corto, guancia contro guancia.

"Pronta?" chiese Brady. A JJ non sfuggì la tensione nella sua voce. Il cowboy aveva preso la faccenda del bambino molto seriamente, JJ non aveva dubbi.

Non sarebbe mai tornata indietro sulla sua decisione di fare un figlio con lui. Mai. Poi, in futuro, avrebbe deciso chi sarebbe stato il padre del suo prossimo bambino.

Rafe o Dan. O forse avrebbe giocato alla roulette russa con loro che avrebbero dovuto indovinare chi fosse il padre.

JJ sorrise interiormente. Amava le sue idee non ortodosse sul fare l'amore e fare i bambini. Doveva essere completamente pazza o forse era solo entrata in un mondo sensuale che la maggior parte delle donne non sospettava nemmeno esistesse.

"Alzati a sedere, dolcezza. Fatti impalare da Rafe e apri la bocca per Dan," disse Brady con una fermezza che la eccitò. Le piaceva questo lato dominante di lui. Nessuna discussione, solo ordini rapidi e altamente erotici.

Mentre saliva sul letto accanto a Rafe, lui catturò il suo sguardo e lo sostenne intensamente con quegli occhi cupi e sensuali.

"Saremo tutti legati indissolubilmente dopo questo, JJ," sussurrò lui. Nei suoi occhi brillava una luce di totale, completa approvazione.

"Sarà un bel legame. Un bel bambino."

"Sì, il bambino più bello," concordò lei. Le piaceva che Rafe avesse accettato così la sua decisione e che volesse partecipare in quel modo al concepimento del suo bambino.

"Monta, piccola, facciamo un giro selvaggio," le disse Rafe tenendosi la base del cazzo con entrambe le mani.

La sua figa si serrò quando Brady l'aiutò ad accucciarsi sul torso di Rafe. Poi Dan si spostò al lato opposto, scostandole il culo con le mani forti e aiutandola a mettersi in posizione.

Lei gemette quando la punta calda dell'uccello di Rafe fasciato dal preservativo spinse contro il suo ano. Si accovacciò un po' di più, abbassandosi lentamente. Sentì ogni lembo della sua lunghezza calda che scivolava dentro di lei. I suoi muscoli si strinsero intorno a quell'intrusione e JJ si sentì andare a fuoco.

Quando lei fu completamente impalata, Dan e Brady l'aiutarono a sdraiarsi con la schiena su Rafe, che aveva spalancato le gambe. Mise le gambe sopra quelle di Rafe e quando le manette si chiusero intorno la suo polso e a quello di Rafe, JJ capì che servivano per mantenerla nella giusta posizione. Era un'idea così erotica che quasi la faceva impazzire.

Rapidamente Dan sollevò il braccio sinistro di Rafe e gli chiuse il polso nella manetta, poi portò quello di JJ sulla parte superiore del braccio di Rafe chiudendole il polso nella manetta attaccata a quella di Rafe. Brady fece la stessa cosa con il braccio destro di entrambi.

Un desiderio bollente e pulsante montò in JJ. Quella era una posizione insolita per lei, ma era incredibilmente erotico essere impalata e ammanettata a Rafe e usarlo anche come materasso. Il calore del suo corpo bruciava contro la sua carne e il suo cazzo le pulsava dentro il culo. I muscoli del suo corpo forte e slanciato si flessero sotto di lei e il suo respiro caldo le accarezzò la guancia destra.

Il suo cuore batteva contro il lato sinistro della schiena di lei, al ritmo delle sue spinte, un segno che i loro cuori erano allineati e legati. L'idea era così eccitante.

"Sei così bella e accogliente, JJ. Assolutamente perfetta," ringhiò Rafe contro il suo orecchio.

JJ avrebbe voluto parlare, ma il suo sguardo era inchiodato a Dan ora, che le saliva sopra. Il suo cazzo era lungo e gonfio e lui lo diresse verso la bocca di JJ.

"Aprila, tesoro," la blandì Dan.

Lei fece come lui le aveva ordinato, e il suo uccello coperto dal preservativo le scivolò in bocca. Il suo cazzo si mosse e Dan sibilò la sua approvazione. La sua carne le allargò la bocca e si spinse in lei fino a toccarle quasi la parte più profonda della gola. Lui piegò le dita di una mano verso l'alto vicino alla base del pene, un segno che indicava che non doveva spingersi oltre le dita. Poi uscì e quindi scivolò di nuovo in lei lentamente, creando un erotico attrito contro le sue labbra.

"Succhiami, piccola, succhiami forte. Sapere che faremo tutti un bambino mi fa impazzire per te," ringhiò e le sorrise. I suoi occhi brillavano e il suo cappello da cowboy era stato sistemato in maniera decentrata sulla sua testa, facendolo apparire così carino.

JJ strinse le labbra intorno al suo uccello e iniziò a succhiarglielo in maniera ritmica ed erotica.

Avere Dan e Rafe dentro di lei le dava un piacere sconvolgente, ma voleva anche Brady.

Come se lui avesse intuito cosa lei stesse pensando, JJ avvertì un tuffo sul materasso proprio tra le sue gambe. Seguì un movimento tra le sue cosce.

Brady.

Il desiderio e l'attesa per quel che sarebbe successo la spinsero ad abbassare le natiche e succhiare Dan con maggior foga. Le sue cosce si strinsero quando l'alito di Brady le stuzzicò il clitoride ipersensibile. Una marea di brividi di piacere la fece gemere intorno all'uccello di Dan e d'istinto cominciò a muovere i fianchi.

Sotto di lei, Rafe gemette quando i muscoli dell'ano di JJ gli si strinsero intorno. Fu come una reazione a catena. Qualunque fosse il movimento che lei faceva, interessava uno dei ragazzi. Era fantastico.

JJ si tese quando le mani di Brady scivolarono lungo l'interno delle cosce, facendole fremere.

Oh, il suo tocco è così meraviglioso.

JJ si dimenò e si toccò le gambe mentre i denti di Brady tormentavano le labbra della sua figa. Poi lui succhiò e tirò le labbra fino a quando il piacere divenne quasi insopportabile. Sotto di lei, Rafe gemette e mosse i fianchi, creandole una pressione selvaggia nel culo mentre il suo cazzo si fletteva e pulsava in lei.

Il sangue le andò al cervello quando Brady smise di stuzzicare le sue labbra vaginali e la sua bocca si fuse sulla figa pulsante di JJ. La lingua di Brady quasi le frustava il clitoride, facendola tremare di piacere.

Questo è bello da impazzire!

JJ perse la cognizione del tempo e scomparve dentro un vortice di desiderio, mentre i tre uomini giocavano con lei, la stuzzicavano e la sfinivano, trasformandola nel loro giocattolo sessuale. Ogni lembo della sua pelle bruciava e i suoi sensi erano ormai in totale sintonia con i loro gemiti e grugniti.

Erano un unico corpo.

JJ succhiò più forte il cazzo di Dan, dandogli il piacere di cui aveva bisogno. Le sue spinte si fecero più veloci e irregolari, e all'improvviso il cazzo di Dan pulsò e si mosse tra le sue labbra. JJ succhiava e leccava quella carne fremente, godendo dei rantoli del cowboy che si avvicinava all'orgasmo. Dan era lì. Si muoveva a scatti. Una volta. Due volte. Tre volte. Le sue grida echeggiarono nella camera da letto quando venne nel suo preservativo.

Presto, troppo presto, uscì dalla bocca di JJ.

Poi Brady si allontanò dalla sua figa e lei lo guardò, impotente e legata, mentre saliva su di lei. Cominciò a sudare quando il suo sguardo incontrò quello di lei. Le sue pupille erano dilatate, nere come il peccato e piene di cattive intenzioni. JJ era così eccitata che non era nemmeno sicura che Brady fosse ancora Brady.

Il suo cazzo sembrava quasi feroce, duro e ultra-spesso.

JJ sapeva cosa sarebbe successo.

Brady aveva un aspetto selvaggio, con i denti scoperti. I grandi muscoli delle braccia si gonfiarono, mentre si posizionava sopra di lei e Rafe. JJ sbatté le palpebre verso di lui e con entusiasmo lo attese quando lui si abbassò.

Lei era così tesa che sapeva che sarebbe venuta nell'istante in cui lui l'avesse toccata.

E così fece.

Senza preavviso, Brady entrò nella sua vagina, sbattendo i lombi contro di lei, mandandola direttamente nella tempesta del piacere. JJ fu sconvolta da una miriade di brividi. Ogni angolo di lei si tendeva e tremava, ogni terminazione nervosa prese fuoco e bruciò.

Brady si ritirò e si immerse in lei, adottando subito un ritmo costante di spinte pazzesche. Andò così in profondità dentro di lei, che JJ pensò che stesse toccando punti che nessun uomo aveva mai toccato.

JJ si contorceva e si dimenava, il suo corpo era fuori controllo. Da qualche parte sentì gridare Rafe e sentì Brady sibilare mentre aumentava il ritmo delle spinte.

L'orgasmo la travolse, prendendo la sua mente e il suo corpo, lasciandola tremante e gemente. Quando i brividi si placarono, Brady la stuzzicò ancora un po'. Si immerse ancor più forte, più veloce, tanto che lei sentì arrivare un altro orgasmo.

La sua figa era gonfia, il clitoride così eccitato e sensibile che, mentre Brady spingeva contro di lei ancora e ancora, JJ riusciva a malapena a comprendere l'estasi. La sua bocca si fuse su quella di lei e lui la baciò così forte che vere e proprie scosse elettriche le fecero venire i lividi sulle labbra.

JJ venne di nuovo, questa volta con una maggiore intensità. Un orgasmo più forte. Un piacere violento che la coccolò e la portò in una esistenza di colori vivaci, uno spazio scintillante e un desiderio da capogiro. Nel profondo di un'esistenza in cui agonia e meraviglia s'incontravano. In un mondo che lei non aveva mai visto. Un mondo che voleva esplorare per sempre.

Rafe era pronto a giurare che JJ non avesse mai fatto prima quei versi erotici e animaleschi, mentre facevano sesso. Quei suoni di piacere erano bellissimi, come musica delicata. Quei rumori sexy facevano l'amore con i suoi sensi e le forti spinte di Brady che si spingeva in JJ più e più volte creavano un attrito così sensuale, che esplosioni di piacere lo avvilupparono e non lo lasciarono andare. Anche lui perse l'autocontrollo e venne con un grido.

Scariche elettriche di piacere gli stringevano il cazzo, strizzando la sua carne tenera come una morsa e sparandogli scintille nelle viscere. Il piacere era così intenso da essere doloroso e da farlo impazzire.

Rafe tremava e si contorceva mentre volava lungo le correnti del piacere. Il caleidoscopio di brividi lo abbracciò e lo travolse. Stava affondando nell'amore, nel piacere e nell'agonia.

Dannazione, era davvero felice di essere sopravvissuto all'incidente e di aver vissuto quell'esperienza incredibile. Ne era dannatamente contento.

Dan vide i tre corpi che si contorcevano insieme sul letto. La scena era così erotica che non poté fare a meno di raggiungere una nuova erezione. Diavolo, era così grato di avere JJ nella sua vita, così grato per tutto quello che aveva al momento.

Mentre Dan ascoltava i gemiti di JJ, s'irrigidì e venne di nuovo, gemendo per quelle fitte di piacere che tanto dolcemente lo torturavano. Fare un bambino sarebbe stato così divertente.

9.

Brady era perso dentro JJ. Spinse in lei più e più volte. Ogni spinta la portava più vicino a un altro orgasmo e ogni orgasmo era più intenso di quello precedente, spingendola sempre più vicina a perdere il controllo.

Lei gli aveva teso un trabocchetto quella sera quando gli aveva chiesto di metterla incinta. Il pensiero gli aveva attraversato la mente molte volte nel corso delle settimane e dei mesi passati, ma era sempre stata una di quelle cose a cui si pensa chiedendosi che accadrebbe se si rompesse il preservativo e lei rimanesse incinta. Non aveva mai preso l'idea tanto seriamente fino a quando non aveva visto il modo intenso in cui lei lo aveva guardato sotto la doccia.

Non aveva mai visto un tale sguardo di amore brillare negli occhi di JJ prima di quel momento. Era come se fosse immersa in un mondo di meraviglia, un mondo che voleva condividere con lei. Fare un bambino era un viaggio che aveva fino ad ora solo sognato. Voleva solo il meglio per JJ. L'amava, l'amava maledettamente.

Sarà bello fare un bambino.

Lui le avrebbe dato quello che voleva, e molto altro ancora. Mentre JJ volava verso un altro orgasmo, i muscoli della sua figa stringevano il suo uccello così tanto che Brady cedette.

Il suo autocontrollo svanì e lo trascinò via con sé, mentre lui si immergeva così tanto in JJ che giurò che persino la sua mente stava raggiungendo l'orgasmo in quel piacere supremo.

La baciò come un pazzo, assorbendo i suoi gemiti nel suo stesso essere. La marchiò con il suo cazzo, spingendo così in profondità che egli fuse insieme i loro corpi unendosi a lei in un solo spirito.

Sì, avrebbero fatto un bambino insieme. E molti altri se lei glielo avesse permesso.

Molti, molti altri.

JJ DORMIVA PROFONDAMENTE, come mai aveva fatto in vita sua. L'oscurità era silenziosa, rilassante, terapeutica. Stava lentamente risalendo dalle profondità del sonno. Finalmente, delle voci comparvero nel suo regno silenzioso.

Rafe. Dan. Brady.

Sorrise mentre li ascoltava. Capì che erano in cucina. Sembravano felici, eccitati. Non sapeva cosa stessero dicendo, ma capì dalle loro voci che tutto ciò che stava accadendo era qualcosa di grande.

Aprì gli occhi. La luce del sole filtrava attraverso le finestre della camera. La luce del sole, bella e luminosa. La rendeva così felice.

Era il giorno perfetto per iniziare una nuova vita. Si chinò e si passò una mano sul ventre. La sua figa pulsava e il suo ano si contraeva al ricordo dei tre ragazzi che facevano l'amore con lei durante la notte appena trascorsa.

Non era stato sesso. Era stato amore puro.

Brady l'amava, lo sentiva. Anche Dan e Rafe l'amavano. Lo sapeva, lo intuiva da come si comportavano ogni volta che erano con lei, da come osservavano ogni suo movimento, da come ridevano con lei e la prendevano dolcemente in giro.

JJ aggrottò la fronte quando si rese conto che i ragazzi si erano improvvisamente ammutoliti. Che stavano combinando?

La beatitudine del dopo amore s'interruppe quando guardò l'orologio che era lì vicino. Nove e un quarto del mattino? Batté le palpebre in stato di choc.

E se le batterie dell'orologio si fossero esaurite?

No, donna. Svegliati.

La luce del sole filtrava attraverso le finestre. Erano le nove passate. Non aveva mai dormito così tanto! Perché i ragazzi non l'avevano svegliata? Avrebbe voluto aiutarli a disfare i bagagli del viaggio e preparare loro una deliziosa e sana prima colazione.

Oh cavolo, avrebbe dovuto mettere tutto il cibo in frigo la notte prima. Forse era andato a male. No, un momento. Ricordava vagamente che a un certo momento della notte uno dei ragazzi aveva detto che doveva mettere tutto in frigo.

Eppure, lei avrebbe dovuto servir loro la colazione alle sei del mattino. Quella era la vita che si faceva al ranch. Le persone non si prendevano intere giornate di riposo a oziare a letto. Le mucche dovevano essere curate, le recinzioni dovevano essere fissate bene, i sentieri sgomberati, e i prodotti dell'orto raccolti e conservati.

Fu colta dal senso di colpa. C'era così tanto da fare e lei era lì a letto. Stava per scansare il piumino caldo quando all'improvviso la porta si spalancò.

Brady era lì con un enorme sorriso sul volto. Rafe e Dan erano alle sue spalle.

"Buon compleanno, piccola," gridò Brady.

Che sorpresa. Il suo compleanno? JJ fece un rapido calcolo mentale e si rese conto che sì, quello era proprio il giorno del suo compleanno.

Abbassò lo sguardo e vide una torta enorme nelle mani di Brady. La torta aveva la forma di un cappello da cowboy. Alcune candele di colore rosa acceso con piccole fiamme tremolanti spuntavano dalla glassa bianca come la neve.

JJ sbatté le palpebre, piena di incredulità.

Aveva smesso di festeggiare il suo compleanno quando sua madre era morta. Era troppo doloroso festeggiare così lei aveva cercato di non pensarci più. Aveva dimenticato completamente che quel giorno era il suo compleanno e ora che loro erano lì entusiasti di festeggiare, fu sorpresa di non sentirsi triste. Anzi, voleva festeggiare con loro!

Cavolo, sembravano così diversi dalla sera prima. Erano tutti ben rasati e indossavano i cappelli da cowboy. Erano anche vestiti con eleganza. Ognuno di loro indossava un abito nero e una cravatta colorata. Ogni giacca ben stirata aveva una rosa rossa appuntata al taschino.

JJ non poté fare a meno di ridere mentre il suo cuore scoppiava di amore per loro.

"Oh mio Dio, ragazzi, siete splendidi," sussurrò.

"Non esserne tanto sorpresa, bellezza. Siamo piuttosto affascinanti quando ci puliamo, se posso permettermi di dirlo," disse Brady con un sorriso.

"Noi ti portiamo la torta e tutto ciò che fai è guardare i vestiti?" rise Dan entrando con gli altri in camera da letto.

"La solita donna," mormorò Rafe scuotendo la testa.

"Soffia le tue candeline, bambolina, ed esprimi un desiderio ma non dirci quale o non si avvererà," disse Brady. I suoi denti bianchi brillavano sul viso abbronzato.

Va bene, hanno in mente qualcosa. Lei se ne era accorta. Impossibile leggere nel loro linguaggio del corpo. I loro sorrisi erano troppo luminosi, e c'era dell'agitazione nel modo di muoversi.

"Dai, JJ, soffia quelle candele," la esortò Rafe.

JJ tirò le lenzuola sul seno cercando di mettersi seduta. Il suo culo e la sua figa pulsavano piacevolmente ad ogni suo movimento e lei ricordò ancora cos'era accaduto tra loro quattro la notte prima. Legarla al letto e scoparla allo sfinimento era stato solo l'inizio. Poi l'avevano liberata dalle corde e l'avevano scopata a turno.

Ma solo Brady le era entrato in vagina e senza preservativo. Dan e Rafe l'avevano penetrata nell'ano.

Rabbrividì mentre il suo dolce culetto si stringeva intorno al vuoto. Voleva che tutti loro la prendessero di nuovo. Più tardi, però. Dovevano aver terminato il lavoro prima che arrivasse di nuovo l'ora del divertimento. Inoltre, doveva dar loro da mangiare.

Sorrise leggendo le parole scarabocchiate in marrone sopra la glassa bianca: *Buon compleanno, JJ.*

Lei si avvicinò, fece un respiro profondo e soffiò.

Le fiamme tremolarono e tutte le candele si spensero. JJ espresse il suo desiderio. A dire il vero due desideri. Alla faccia dell'egoismo, sì, due desideri.

"Bel lavoro, tesoro. Ora vestiti e vieni in veranda. Abbiamo qualcosa da mostrarti."

Prima che potesse chiedere che cosa avessero in mente, i tre si precipitarono fuori dalla stanza chiacchierando amenamente e portandosi via la torta.

"Metto su il caffè," disse Rafe entrando in sala.

"Io apparecchio la tavola," sentì rispondere Brady.

"Io mangio la torta," affermò Dan. Risero tutti e tre.

JJ scoppiava di felicità.

Bontà. Meglio per loro che non avessero speso soldi per lei o li avrebbe uccisi. Con un colpo secco, scansò le trapunte imbottite e attraversò la stanza per fare una doccia veloce.

JJ IMPRECÒ A BASSA voce dopo la doccia e si vestì a tempo di record. Prese un paio di jeans freschi di bucato e una camicetta blu leggermente stropicciata dal cesto dei vestiti che aveva lasciato nella mudroom il giorno prima.

Quando entrò in cucina, era vuota. C'era nell'aria un buon profumo di caffè ma non c'era traccia né della torta né del caffè. E non c'era nemmeno la macchina del caffè!

Poi si ricordò che doveva incontrare i ragazzi sotto il portico.

Strano, perché non c'era nessun posto fuori dove potessero mangiare, a meno che non avessero messo una coperta da picnic in cortile. Ma non era troppo freddo per stare fuori?

Si diresse di nuovo lungo il corridoio verso la mudroom e là trovò il giaccone invernale e il suo cappello di lana calda.

Che freddo! Torta di compleanno per la prima colazione all'aperto. Sì, poteva farcela. JJ aprì la porta laterale e uscì sul portico che girava intorno alla casa. Un'aria autunnale vivace le sferzò il viso e lei fu contenta di aver indossato giaccone e cappello.

Huh. Era molto tranquillo là fuori. Non c'era nessuno in giro. Forse si ricordava male? Fece due passi intorno alla parte anteriore della casa e si bloccò.

Dan e Rafe erano seduti a uno splendido tavolo da picnic in legno di pino che non aveva mai visto prima. Il tavolo era imbandito con una grande varietà di frutta e c'era anche la sua torta di compleanno. Frittelle e pancetta sfrigolavano su una piastra. A un'estremità del tavolo, Brady stava strapazzando due uova su un fornello di propano da campo e avevano anche tirato fuori la macchina del caffè.

"Ti piace, JJ? È un tavolo da picnic fatto apposta per te. Abbiamo preso alcuni alberi e tagliato il legno nella segheria e assemblato il mobile poco tempo fa. Eravamo sicuri che lo avresti trovato, anche dopo averlo nascosto nel capannone delle macchine e coperto tutto sotto un telo. In più..." disse Dan e indicò una zona più in basso sotto il portico in cui era stato collocato un dondolo coperto da un tettuccio di pino.

Il respiro di JJ si troncò davanti al bellissimo motivo floreale di colore giallo e blu sul materiale e i sedili imbottiti.

"Ti abbiamo fatto noi anche il dondolo. Speriamo che ti piaccia il tessuto," disse Dan.

"Durante i momenti di riposo, puoi venire qui a rilassarti sull'altalena e guardare il tramonto," disse Rafe.

"Ogni sabato mattina ti serviremo la colazione qui sul tavolo da picnic, dolcezza," aggiunse Brady continuando a girare le uova.

Gli occhi di JJ si riempirono di lacrime. Tutto quello era incredibile, nessuno le aveva mai fatto nulla nella sua vita.

"Che cosa avete fatto, ragazzi? Come ho fatto a non accorgermi di nulla?" chiese JJ avanzando verso il dondolo. Si sedette sul cuscino di morbido tessuto e si dondolò avanti e indietro. Dondolava dolcemente. Sarebbe stato perfetto anche per cullare un bambino per farlo addormentare.

Mentalmente, calcolò i nove mesi. Fine luglio. Clima perfetto.

"Pensi che le piaccia?" chiese Brady fissando JJ.

"Credo che le piaccia," rispose Dan.

"Penso che le piaccia molto," aggiunse Rafe.

Egli batté sulla panca del tavolo, in corrispondenza del posto accanto al suo.

"Vieni, siediti e fai colazione. Abbiamo un'altra sorpresa per te, ma la vedremo dopo."

"Un'altra sorpresa? Voi tre mi avete già sconvolta abbastanza per il resto della mia vita," disse JJ alzandosi a malincuore. Ne avrebbe osservato il lavoro nel dettaglio più tardi. Ma, wow, quel dondolo era una vera bellezza, così come il tavolo da picnic.

Si sedette accanto a Rafe e in breve, i ragazzi le raccontarono la loro settimana con il bestiame e la loro intenzione di costruire un capanno più vicino alla stazione. JJ già immaginava che tipo di tessuto avrebbe comprato per fare le tende.

Pensava che mangiare all'aperto rendesse il cibo ancor più buono, e in breve tutti erano impegnati a sorseggiare la loro terza tazza di caffè e a gustare fette di torta. Le voci dei ragazzi si fecero più tenere quando la conversazione si spostò sull'arrivo di un bambino in casa.

"Amplieremo la casa in larghezza e in altezza," disse Brady guardando verso il retro dell'edificio.

"Stavo pensando la stessa cosa," rispose Rafe.

Brady annuì. "Potremmo aggiungere due camere da letto al piano superiore per i bambini. Le femminucce in una camera, i maschietti nell'altra. E al piano terra, una bella stanza per i giochi. Per me è stato bellissimo crescere condividendo la camera con due dei miei fratelli. La nostra casa era piccola, ma era piena d'amore."

Il cuore di JJ si sciolse alle parole di Brady.

"Sì, è stato davvero divertente avere fratelli e sorelle adottivi. Come sapete, mia madre e mio padre adottarono due maschi e due femmine oltre a tutti gli altri figli in affidamento che già avevano. Poi quando sono nato io è stata un'enorme sorpresa perché a loro era stato detto che non potevano avere figli a causa del basso numero di spermatozoi di mio padre. Ma sì, è stato bello avere una casa piena," aggiunse Rafe.

"Io avevo una camera tutta mia ma avere due sorelle è stato comunque bello, quando non rompevano. Ho sempre desiderato avere uno o due fratelli con cui dividere la stanza," disse Dan con un sorriso.

JJ terminò il suo caffè e posò la tazza sul tavolo.

"E precisamente quanti bambini abbiamo intenzione di infilare in questa casa?" chiese.

I ragazzi la guardarono con gli occhi pieni di lussuria.

"Abbastanza da riempire la casa," rispose Dan.

"Più che abbastanza," disse Rafe strizzando l'occhio.

"Quanti ne vorrai tu, tesoro," disse Brady.

Improvvisamente Brady si alzò e tese la mano verso di lei. JJ fece scivolare il palmo nel suo e lui l'aiutò ad alzarsi dal tavolo da picnic.

"Adesso ti benderemo, tesoro," disse Rafe proprio dietro di lei.

"Questa sarà la sorpresa più grande. Ti farà impazzire." Dan prese un rettangolo di stoffa uguale a quella del dondolo, lo piegò e glielo mise sugli occhi, annodandolo poi dietro la testa di JJ.

Lei non era sicura di riuscire a reggere un'altra sorpresa, pensò, mentre loro la tenevano per i gomiti e la conducevano giù per i gradini. Mentalmente, cercò di capire dove la stessero portando ma subito la fecero girare e lei perse il senso dell'orientamento.

Camminarono pochi minuti, la conversazione sui bambini continuava.

"Penso che dovremmo avere tre femmine e tre maschi," disse Rafe.

Oh mio Dio.

"O forse tutte femmine. Vorrei che fossero belle come JJ e altrettanto intelligenti," disse Brady con grande tenerezza nella voce tanto JJ si convinse che fosse serio.

"O forse tutti maschi," rispose Dan.

Una casa piena di maschi. JJ quasi si mise a ridere. Sarebbe stata l'unica donna in una casa piena di uomini. Come avrebbe trovato ai suoi figli delle brave ragazze da sposare quando il vicino più prossimo era a un centinaio di chilometri di distanza? Come avrebbe trovato alle sue figlie uomini da sposare quando non esistevano uomini nelle vicinanze?

L'infrangersi delle onde sulla riva le fece capire che la stavano conducendo al lago.

Hmm, forse avevano fabbricato una nuova sedia di legno per il molo? Avevano solo tre sedie. Sì, era quella. Lei si sarebbe finta sorpresa. Non avrebbe detto loro che aveva intuito quale fosse il regalo.

Sorrise mentre rallentavano.

"Pronta per la sorpresa, JJ?" chiese Dan.

"Non avreste davvero dovuto farvi tanti problemi per me, ragazzi," disse JJ con enfasi. Lei era davvero contenta di tutto.

"Nessun problema, tesoro. Non ci sono mai problemi quando qualcosa ha a che fare con te," ringhiò Brady con voce profonda.

"Tu sei la nostra priorità assoluta, piccola. Ti prendi cura di noi e noi non saremmo dove siamo se tu non ti prendessi cura di noi," disse Rafe a bassa voce.

"Ed è per questo che ti abbiamo preso questo," disse Brady.

Le tolsero la benda e JJ sbatté le palpebre mentre metteva a fuoco il molo. Guardò più in alto sul molo aspettandosi di vedere la nuova sedia di legno, invece vide qualcosa di più grande.

Di molto, molto più grande.

"Oh mio Dio," sussurrò. Non riusciva a credere a quello che stava guardando.

Ed è per questo che ti abbiamo preso questo.

"Ti piace?" chiese Rafe alla sua destra.

Datemi un pizzico, per favore. Non può essere vero.

Ormeggiato in fondo alla banchina c'era un aereo bush bianco, con pontoni e tutto il resto. Non era un semplice aereo bianco, era l'aereo di Kaley. Dovevano averlo noleggiato. Forse volevano che lei li portasse a fare un giro?

Oh, ne sarebbero rimasti delusi.

"Non posso farlo volare, non ho ancora il brevetto."

Si aspettava di vedere le loro facce felici trasformarsi in cipigli severi ma così non fu. Sfoggiavano invece dei sorrisi impavidi.

JJ si sentiva così male.

"No, l'abbiamo comprato. Per te. Per il ranch. Il tuo suggerimento aveva un senso," disse Dan.

"E abbiamo parlato con Kaley via Internet, nelle ultime settimane. Ci ha detto che sai volare come una professionista. Che sei come un'anatra nell'acqua. Ha portato qui l'aereo molto presto questa mattina con Blue che ha portato anche il suo aereo in modo che Kaley potesse avere un passaggio per il ritorno. Non abbiamo detto loro che era il tuo regalo di compleanno e che oggi era il tuo compleanno o sarebbero rimaste tutte e due per farti gli auguri. Ti volevamo tutta per noi oggi. Speravamo che non ti svegliassi sentendo il rumore dei due aerei sul lago. Ma ogni volta che venivamo a vederti, tu dormivi profondamente," disse Rafe. Ammiccò e poi si diresse verso l'aereo e Dan ridacchiò mentre la seguiva.

"Quanto ti piace il tuo nuovo giocattolo?" domandò Brady. Il suo braccio scivolò intorno alla vita di JJ e l'attirò contro il suo corpo caldo e forte.

Era pazzesco.

"Brady, non è un giocattolo. È troppo costoso," sussurrò. JJ non riusciva a staccare gli occhi dall'aereo. Il suo aereo? Il loro aereo?

Scintillava nella luce del primo mattino. Il colore bianco spiccava contro il blu scuro del lago.

Di certo sto sognando.

Brady ridacchiò.

"Kaley ha acquistato un altro aereo. Il suo era in vendita, ma le abbiamo chiesto di non dirtelo." Brady la strinse ancor di più a sé.

"Ti piace?" chiese, dandole una stretta.

È pazzesco.

Lei annuì a scatti.

"Bene." Lui la lasciò andare.

"Scendo a controllarlo. Vieni a mostrarci com'è dentro?"

"Dammi solo un minuto." La sua voce era poco più di un sussurro.

Il sorriso di Brady si allargò, il suo volto era luminoso e soddisfatto. Poi si voltò e camminò lungo l'ampia banchina per unirsi a Rafe e Dan che erano entrambi appena saliti sul pontile e stavano salendo sull'aereo.

Si fidavano di lei, del fatto che potesse pilotare un aereo. Le avevano comprato un aereo.

Wow. Non pensava che uno dei suoi sogni si sarebbe avverato così in fretta. Le sue mani scivolarono verso il basso e si fermarono sul ventre.

Non aveva dubbi che l'altro suo desiderio sarebbe presto cresciuto dentro di lei.

JJ scosse la testa, non riuscendo a credere come il suo destino avesse cambiato corso in un solo anno. Fece un passo in avanti e poi un altro.

Più avanti c'era il suo futuro.

Brady. Rafe. Dan. Un bambino. Il suo aereo.

Come poteva la sua vita andare meglio di così? Lei aveva tutto. Per la prima volta dopo tanto tempo JJ non avvertiva più quell'irrequietezza, quel desiderio di volere altro nella vita, perché ora aveva tutto.

I suoi cowboy erano innamorati di lei e lei era innamorata dei suoi cowboy.

FINE

Catalogo Jan Springer Libri Italiani

Tre Cowboy Per Natale
Cowboys Online #1

Jennifer Jane (JJ) Watson ha trascorso gli ultimi dieci anni in un carcere di massima sicurezza. L'ultima cosa che si aspetta è di uscire in anticipo con in mano un lavoro e finire in un ranch sperduto nelle foreste canadesi a servire il pranzo di Natale a tre dei cowboy più sexy che abbia mai visto!

Rafe, Brady e Dan pensavano di assumere due ex-detenuti per aiutarli a mandare avanti il ranch e il bestiame, invece scoprono di aver assunto una donna bella e attraente. Nella natura innevata dell'Ontario del nord, la compagnia femminile è cosa rara.

Ed è qualcosa che i tre cowboy amano *condividere*...

Sono dominatori, belli come il peccato e riempiono la mente di JJ con le fantasie sessuali più bollenti che abbia mai avuto. D'un tratto, comincia a desiderare i tre cowboy come il regalo di Natale perfetto per lei, sperando in qualcosa che forse non potrà mai avere... un "per sempre felici e contenti."

Tre Cowboy Tutti Per Lei
Cowboys Online #2

*Dopo aver trascorso dieci anni in un carcere di massima sicurezza,
Jennifer Jane (JJ) Watson ha ottenuto la libertà condizionale e un lavoro
di governante in un ranch canadese lontano da tutto, al servizio di tre
dei cowboy più sexy che abbia mai incontrato...*

La primavera è finalmente arrivata a Moose Ranch, e una donna single
da poco fuori di prigione non dovrebbe intrattenersi in ménages
bollenti con i suoi tre cowboy sexy come il peccato. Ma l'amore di JJ
per i suoi uomini continua a crescere e lei si arrende alla forza della
passione che prova per ciascuno di loro.

La vita è perfetta.

Fino a quando la sua nuova esistenza viene messa alla prova, nel
momento in cui si verificano alcuni misteriosi avvenimenti nel ranch e
uno dei suoi cowboy viene brutalmente aggredito e ferito. La ritrovata
libertà e la felicità le verranno strappate via?

Rafe, Brady e Dan non si sarebbero mai aspettati di trovare una femmina attraente e sensuale disposta ad aiutarli nel loro ranch così isolato dal mondo. Ma nel selvaggio Nord Ontario, la compagnia femminile è rara. Ed è una bella cosa che i tre uomini amano condividere...

Brady, Dan e Rafe non sono mai stati più felici. Il loro ranch è fiorente e il loro continuo desiderio di condividere la bellissima donna che si prende cura di loro rende la vita completa. Fino a quando il pericolo minaccia di distruggere tutto...

Innamorata Dei Suoi Cowboy
Cowboys Online #3

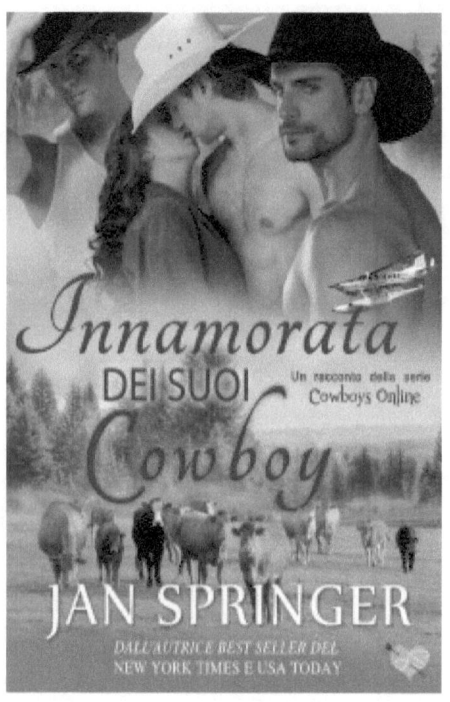

Dopo aver trascorso dieci anni in un carcere di massima sicurezza,
Jennifer Jane (JJ) Watson ottiene la libertà condizionale e un lavoro di
governante in un ranch canadese lontano da tutto, al servizio di tre dei
cowboy più sexy che abbia mai incontrato. Una donna single da poco
fuori di prigione non dovrebbe intrattenersi in ménages bollenti con
tre uomini sexy come il peccato. Ma l'amore di JJ per i suoi cowboy
continua a crescere e lei si arrende alla forza della passione che prova
per ciascuno di loro.
La passione la divora ogni volta che è tra le braccia dei tre ragazzi. Ma
la profonda inquietudine di JJ esplode e lei è davvero intenzionata a
recuperare il tempo perduto cercando di realizzare i suoi sogni. C'è
solo un piccolo problema: JJ non ha rivelato ai suoi cowboy che cosa fa

mentre loro sono lontani ad occuparsi del bestiame. E lei sa che quando scopriranno il suo segreto, gliela faranno pagare cara.

I giovani allevatori Rafe, Dan e Brady hanno trovato la donna che li completa. Lei è capace di rendere il loro ranch fuori dal mondo una vera casa. JJ è vulnerabile, dolce e disposta a condividere il letto con tutti e tre. Ma quando scoprono il suo segreto, ne restano sconvolti, furiosi, e pensano che sia giunto il momento di punirla in maniera memorabile e... perversa.

I Cowboy del suo Cuore
Cowboys Online #4

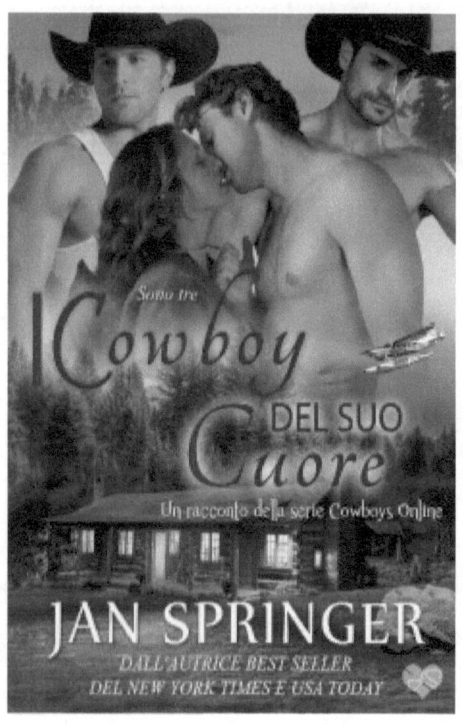

Dopo aver trascorso dieci anni in un carcere di massima sicurezza, JJ ottiene un inaspettato permesso per buona condotta e un posto di lavoro in un ranch canadese. I suoi datori di lavoro sono tre dei cowboy più sexy che lei abbia mai incontrato e per loro prepara deliziosi manicaretti e dopocena piccantissimi.

Jennifer Jane "JJ" Watson non potrebbe essere più felice. Sta per avere un bambino!

Per fortuna il loro ranch lontano da tutto, con il grande lavoro che c'è sempre da fare, è una bella distrazione per i suoi tre cowboy sexy quando lei è via con il suo aereo. Ma quando JJ è a casa, i suoi tre maschi dominanti soddisfano le sue piccanti voglie di donna incinta coinvolgendola in molti frizzanti ménages.

A Rafe, Brady e Dan non piace che la loro donna se ne vada in giro per i cieli del Canada in balia dell'imprevedibile tempo dell'Ontario del Nord. Preferirebbero che riscaldasse i loro letti ventiquattro ore al giorno, ma lei sa come ottenere ciò che vuole e adesso ha bisogno della sua ritrovata libertà.

Gli incubi peggiori dei tre uomini, però, prendono vita proprio quando l'aereo, con a bordo JJ e la sua amica, all'improvviso non fa rientro a casa.

Per Sempre I Suoi Cowboy
Cowboys Online #5

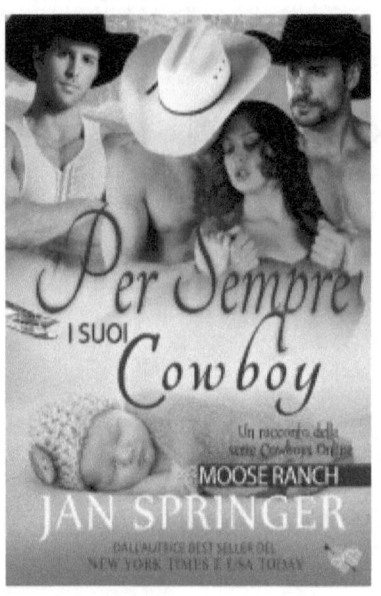

Jennifer Jane (JJ) Watson ha trascorso gli ultimi dieci anni in una prigione di massima sicurezza. L'ultima cosa che si aspetta è di ottenere la libertà sulla parola e un lavoro come collaboratrice domestica di tre dei cowboy più sexy che abbia mai incontrato!

Rafe, Brady e Dan pensavano che l'agenzia mandasse qualche ex detenuto a dar loro una mano con il ranch, e rimangono decisamente sorpresi nel veder arrivare una donna, per giunta molto attraente. Nelle terre selvagge e innevate del Nord Ontario, la compagnia femminile è cosa rara, ed è una vera fortuna che ai tre padroni di casa piaccia condividere la stessa donna...

Il Natale sta arrivando ancora una volta al Moose Ranch e con l'avvicinarsi del parto, JJ si sta distraendo dagli attacchi di ansia di cui soffre tenendosi impegnata a prepararsi per l'arrivo del suo bambino e a organizzare la prima festa di Natale lì al ranch!

Con un piccolo in arrivo, c'è molto stress per Brady, Rafe e Dan. Soprattutto a causa della decisione di JJ di assumere un'ostetrica che l'aiuti a partorire in casa e di avere tutti e tre i suoi uomini presenti al parto! Ma la preoccupazione e lo stress non impediscono loro di mostrare a JJ quanto la amano ... dentro e fuori dal letto!
Nel vortice di continue bufere di neve, un aeroplano inutilizzato a terra, un party natalizio e un bambino in arrivo, i proprietari del Moose Ranch sanno che questo sarà un Natale che non dimenticheranno tanto presto...

Scopri le altre storie della serie Cowboys Online: *Tre cowboy per Natale, Tre cowboy tutti per lei, Innamorata dei suoi cowboy, I Cowboy del suo Cuore, e Per sempre i suoi cowboy & Tre cowboy suoi per sempre (Snowy Creek Ranch#1).*

Tre cowboy suoi per sempre
Cowboys Online #6
Snowy Creek Ranch #1

Dopo aver trascorso diversi anni in prigione, Milena Allen viene inaspettatamente rilasciata in libertà condizionata, e le viene offerto un lavoro in un isolato ranch del selvaggio Nord canadese, dove è immediatamente attratta dai suoi tre sexy capi cowboy!
Cowboys Online ha mandato una bella ex detenuta per aiutarli nel loro nuovo ranch nella natura selvaggia, ma per Mitch, Daegen e Paul la vita è terribilmente solitaria senza la compagnia femminile.
Nonostante siano rimasti senza donne per così tanto tempo, si ripromettono di considerare Milena off-limits, e che la tratteranno come uno dei ragazzi.
Quando la violenza minaccia i suoi cowboy, le competenze infermieristiche di Milena vengono messe alla prova e lei si rende conto che si sta innamorando dei suoi capi sexy. Presto scopre che

anche tutti e tre gli uomini sono interessati a lei! Ma perché
continuano a trattarla come uno dei ragazzi?

Ha sempre sognato qualcuno che la amasse e un posto da poter
chiamare casa. Riuscirà a realizzare i suoi sogni con Mitch, Daegen e
Paul? Oppure un terribile errore rovinerà tutto?

Non è necessario aver letto anche gli altri libri della serie. Questo
romanzo è indipendente.

Un racconto della serie Cowboys Online ~ 1. Tre Cowboy per Natale
(Moose Ranch #1), 2. Tre Cowboy Tutti Per Lei (Moose Ranch #2),
3. Innamorata Dei Suoi Cowboy (Moose Ranch #3) 4. I Cowboy del
suo Cuore (Moose Ranch #4) 5.Per sempre i suoi cowboy (Moose
Ranch #5) 6. Tre cowboy suoi per sempre (Snowy Creek Ranch #1)

Calore Dolce
(Vampira 1)
In fuga da un matrimonio combinato, Juliette Dárques si nasconde all'interno di Vampira, una setta segreta di vampire che vivono segretamente tra gli umani, ma hanno rinunciato al sesso con i maschi. Julie pensa di essere al sicuro fino a che inizia a fare sogni roventi che le fanno desiderare ogni sexy centimetro pulsante dei due vampiri da poco assunti nella sua azienda. Ogni notte i due le mandano a fuoco i canini, prendendola in mezzo tra i loro forti corpi nudi e trascinandola in un mondi di estasi proibite.
Caleb e Zander da sempre condividono un legame unico, che include il bisogno di condividere le loro femmine. Negli ultimi tempi hanno cominciato a desiderare follemente Julie... e tramano per sedurla anche fuori dai sogni e di averla tra le braccia.
Gli altri libri della serie VAMPIRA - presto disponibili anche in italiano!

Calore Oscuro
Calore Liquido
Calore Scarlatto

Il Fidanzato Miliardiario

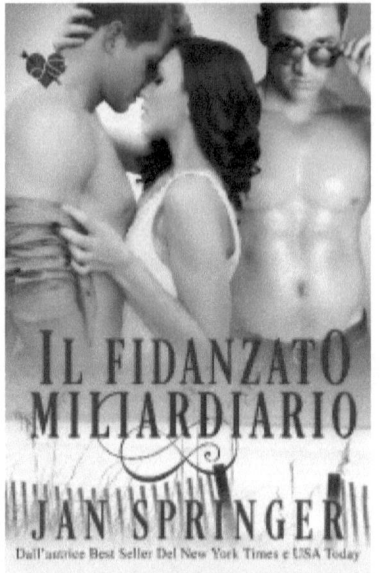

Quando la famosa decoratrice d'interni Lily Tiffany riceve una chiave
incrostata di diamanti con un invito su un'isola privata, è nervosa ed
eccitata perché il suo sexyssimo fidanzato miliardario Ryland Walton
la sta convertendo al suo oscuro desiderio di condividerla con un altro
uomo...

Il risveglio della fanciulla

Dopo una relazione violenta, la trentacinquenne Paisley Violette ritorna nel tranquillo rifugio turistico canadese dove un tempo era stata una famosa artista, e dove era anche coinvolta in un ménage a trois con due giovani uomini. L'obiettivo di Paisley è riprendere contatto con il suo spirito fanciullesco per poter guarire. Inaspettatamente incontra le sue due vecchie fiamme che risvegliano le sue fantasie. Ma prima che possa tornare ad innamorarsi di loro, dovrà imparare di nuovo a rischiare e a fidarsi di sé stessa con gli uomini. Adam Cowie si era sempre chiesto che fine avesse fatto la magnifica donna dallo spirito libero che lui e il suo migliore amico, Andrew, avevano frequentato. Con Paisley di nuovo nella sua vita non potrà negare che l'attrazione sia più bruciante che mai. Ma questa volta dovranno prenderla con calma per non farla scappare di nuovo, anche se l'attesa sembrerà roderli dentro. Andrew Greg non aveva rivisto il suo primo amore da quando era partita con un altro uomo più di dieci anni prima. Tornerà nella sua vita, con il suo splendido istinto protettivo e i suoi desideri. Questa volta non la lascerà andar via. Questa volta si assicurerà che ci sia un lieto fine.

Roman & Julietta

La vita di Julietta Black è sempre stata segnata dalle situazioni più illegali della pirateria moderna. Quando viene a sapere di una taglia sulla testa della sua famiglia, decide con riluttanza di mettere in pratica l'idea della nonna e di fare rapire l'affascinante nipote del loro nemico giurato. Il piano? Costringerlo a una unione in vecchio stile – un bambino – per riportare per sempre la pace tra le due famiglie rivali. In attesa che suo nonno paghi il riscatto richiesto, Roman si ritrova imprigionato su uno yacht. Quando i suoi rapitori gli mettono a disposizione una affascinante donna da portarsi a letto, il suo consueto autocontrollo va in mille pezzi e la lussuria si trasforma presto in amore tra le pieghe lascive dei loro incontri.

Notte dopo notte, stretta tra le forti braccia di Roman, Julietta sperimenta il violento desiderio che esplode tra loro due. Ma come reagirà il suo nemico giurato, quando scoprirà che lo scopo di quel rapimento non è un riscatto, ma qualcosa di più... permanente?

Ménage ~ Il Key Club #1

Schiacciata dalla pressione di continue scadenze di lavoro, la scrittrice di romanzi d'amore erotici Claire Miller decide che è ora di rilassarsi con un sensuale ménage à trois al Key Club. Quando viene abbinata a due fighi da paura si rende conto che proprio loro potranno far avverare i suoi sogni più perversi.

Un'attrazione immediata scatta tra i due lavoratori edili Josh Anderson e Levis Jones e la bella ragazza al Key Club. Lei è un sogno erotico che i due non vedono l'ora di vivere nella realtà, e il loro desiderio per Claire si trasforma in un piacere che non vorranno più farsi scappare.

Il Ménage di Marley ~ Il Key Club #2

La futura mamma single Marley Madison ha avuto anche in passato voglie osé, ma da quando è incinta il suo desiderio è diventato davvero... prepotente. Quelo che vuole è un ménage à trois, ne ha proprio bisogno. E così, quando viene a sapere che il club di scambisti della sua città prepara una serata di ménage destinata proprio alle donne incinte, si iscrive subito!

Le vecchie fiamme di Marley, Rick Antonia e Kacey Poole, sono appena tornati in città dopo aver servito nei Corpi Speciali per molti anni. I due uomini incontrano per caso Marley al Key Club, ma quasi non credono ai loro occhi nel vedere quanto è cambiata. Il suo ventre deliziosamente arrotondato li eccita all'inverosimile e i suoi seni pieni li affascinano. La rivogliono nel loro letto, e faranno di tutto per far avverare il suo sogno di un ménage rovente!

Tutt'a un tratto Marley si ritrova legata per il piacere mentre è ancora scioccata perché i suoi due ex-amanti sono più appassionati che mai. Non è mai stata tanto eccitata dal loro tocco premuroso e dai loro teneri baci... ma li aveva amati tanto tempo fa, e da allora aveva giurato di non ricascare in quel genere di complicazioni...

Un Ménage Per Natale ~ Il Key Club #3

La dottoressa Kelsie Madison non riesce a ricordare quando è stata l'ultima volta che ha fatto sesso senza complicazioni, e questo è il segnale che sta lavorando davvero troppo. È tempo di staccare la spina, al Key Club, concedendosi un gustoso regalo per Natale. Qualcosa che non ha mai sperimentato prima - un incandescente ménage à trois . Al dottor Ryder Greene del Pronto Soccorso e al suo coinquilino, il fisioterapista Dixon Flynn piace condividere le donne. Già da un po' hanno messo gli occhi sulla bella dottoressa Madison, ma lei è una maniaca del lavoro e non ha mai tempo per giocare.

Quando vengono a sapere che parteciperà alla serata Ménage Santa Claus, fanno in modo di essere loro quelli che baceranno Kelsie sotto il vischio. E se i loro desideri saranno soddisfatti, Kelsie li porterà con sé a casa per Natale.

Un Ménage per Sophie ~ Il Key Club #4

Al Key Club è la serata del Ménage Spanking e Sophie sta finalmente
per tornare in scena. Non si aspetta certo di trovare lì i suoi due
prestanti ex, né che loro abbiano un rinnovato interesse per lei. Sono
gli unici due uomini che l'abbiano mai portata all'orgasmo, ma lei è
ben decisa a non cedere ai desideri libidinosi che le scatenano, perché
ancora soffre per come l'hanno lasciata. Di certo non potrà essere un
problema un po' di innocua provocazione per mostrare loro che cosa si
sono persi...
Steve ed Eric sono appena tornati in città dalla piattaforma petrolifera
su cui lavorano, e non vedono l'ora di piegare sulle loro ginocchia la
bella parrucchiera per darle le sensuali sculacciate che lei ama tanto.
Ma restano di stucco quando la vedono mettersi all'asta per la migliore
offerta, in un sexy vestitino da spanking. Chi poteva prevedere che la
timida diavoletta potesse essere una provocatrice così voluttuosa?
Avrebbero dovuto saperlo, che non sarebbe tornata tanto facilmente
nel loro letto...

Il ménage di Jewel ~ Il Key Club #5

Jewel pensava che non avrebbe mai più potuto fidarsi di un uomo...
Fino a quando, in una notte di pioggia, due camionisti sexy arrivano a
salvarla e accendono il delizioso desiderio di un incandescente ménage
a tre. Quando comprende di non poter più negare le sue voglie, Jewel
capisce che è giunto il momento di tornare al calore e alla passione
conosciuti, un po' di tempo fa, entro i confini sicuri del Key Club.

Al Key Club sta per arrivare la serata 'Ménage con i tuoi toy' e i
camionisti Adam e Carson saranno romantici con Jewel, in una serata
erotica piena di voluttuosi toys di piacere, nastri di raso e tanto amore
rovente.

Il ménage di Jaxie ~ Il Key Club #6

Un incontro ravvicinato con la morte spinge Jaxie a mettere in pratica una delle sue fantasie più nascoste.

Pur non essendo mai stata propensa a mescolare gli affari con il piacere, Jaxie Smarts sa che è arrivato il momento di infrangere la regola. Con l'aiuto di uno dei suoi migliori amici, riuscirà a fare in modo di agganciare i due maschi più sexy del Ballo in maschera con Ménage. Ma i piani ben congegnati di Jaxie falliranno ben presto...

Quando il miglior amico di Ewan, Royce, lo trascina al Ballo in maschera con Ménage al Key Club, lui acconsente ad andare solo perché sa che Jaxie non ci sarà. Salvarle la vita è una cosa, ma farsi spezzare il cuore ripetutamente da lei è ben diverso. Con Jaxie lui ha smesso. Per sempre.

Al Ballo, una seducente principessa nascosta dietro una maschera sexy cattura l'attenzione, e scatena il prepotente desiderio che attirerà Ewan e Royce a volerla portare nel loro letto. L'ultima cosa che Ewan si aspetta è di innamorarsi di nuovo.

Un ménage di Natale per Rachel ~ Il Key Club #7

Rachel ha un segreto molto perverso ed è troppo imbarazzata per condividerlo con chiunque. Quando il Key Club organizza una Serata Ménage dedicata a Babbo Natale, pensa che sia quasi troppo bello per essere vero. Deve trovare un modo per partecipare senza che nessuno la scopra!

I baristi del Key Club, Rob e Ron Simpson hanno perso la testa - con tutto il cappuccio da Babbo Natale - per la dolce, bella Rachel. Ma lei non immagina neanche lontanamente quello che provano per lei.

Presto però lo capirà, perché sta tornando da un viaggio in Europa e i gemelli le faranno trovare il miglior Ménage di Bentornata a Casa che possa mai aspettarsi. Per farlo, si serviranno di alcuni toys, della Stanza Rossa, di una parola di sicurezza e... di Babbo Natale.

Di giorno, è una serissima ginecologa.
Di sera, la dottoressa Ella Cinder evade dalla realtà portando in scena,
in gran segreto, la sua versione erotica ed adulta di Cenerentola.
Quando il dottor Roarke Stephenson, il suo appetitoso collega, si
presenta tra il pubblico di Cenerentola, proprio la sera in cui il
Principe Azzurro le ha dato buca, Ella coglie l'opportunità di
trasformare Roarke nel suo Principe, per una notte di piacere estremo
di fronte al pubblico.
Ma Ella sa anche che allo scoccare della mezzanotte deve affrontare la
dura realtà, che Roarke non dovrà mai sapere della sua vita segreta e
che non potranno mai stare insieme di nuovo. Però fino a quel
momento farà tutto il possibile per assicurarsi che lui non possa mai
dimenticare la loro notte di gioco dei sensi.
Da parte sua, il dottor Roarke Stephenson viene catturato all'istante
dall'attrice dalle sensuali curve che si nasconde dietro a una maschera,

e della quale si sa solo che si fa chiamare Cenerentola. Per qualche assurda ragione gli ricorda la sua imbranata collega Ella. Ma non è possibile. Ella non potrebbe mai avere il coraggio di fare quelle cose terribilmente deliziose che gli fa Cenerentola, o magari sì?

Perfect

Terra, 2054

La contaminazione ambientale ha reso impossibile la vita sulla terra. Il numero dei malati supera di gran lunga quello delle persone sane. Gli ospedali sono sovraffollati. Le economie collassano. I governi si alleano per formare un unico potere mondiale chiamato "Ordine dell'Autorità". (OA).

Per salvare la razza umana l'OA crea le "Biosfere", grandi bolle all'interno delle quali si sviluppano città energeticamente autonome. Solo le persone sane possono entrarvi. Tutti gli altri vengono lasciati morire...Per controllare la popolazione, ad ogni essere umano viene impiantato un microchip che inibisce il desiderio di accoppiarsi. L'arte di fare l'amore svanisce...

Secoli dopo...

Un gruppo ribelle di giovani medici tentano segretamente di manomettere i loro microchip ed iniziano a sperimentare l'intimità. Ora cercano alleati che possano unirsi alla loro causa e aiutarli, alla fine, a liberare l'umanità.

I dottori Zack e Noah seducono l'esperta di piante Anica Maine convincendola ad entrare in un mondo segreto di piaceri proibiti e stuzzicanti esperimenti sessuali... con la piena consapevolezza che venire scoperti significherebbe l'Eliminazione.

Imperfect

Edizione italiana

Anno 2104

La contaminazione ambientale ha reso impossibile la vita sulla terra. Il numero dei malati supera di gran lunga quello delle persone sane. Gli ospedali sono sovraffollati. Le economie collassano. I governi si alleano per formare un unico potere mondiale chiamato "Ordine dell'Autorità". (OA).

Per salvare la razza umana l'OA crea le "Biosfere", grandi bolle all'interno delle quali si sviluppano città energeticamente autonome. Solo le persone sane possono entrarvi. Tutti gli altri vengono lasciati morire... Per controllare la popolazione, ad ogni essere umano viene impiantato un microchip che inibisce il desiderio di accoppiarsi. L'arte di fare l'amore svanisce...

Quando Michaela Long scopre che la sua amica è coinvolta in esperimenti illegali che riguardano il sesso, si vede costretta a sperimentare gli stessi piaceri proibiti...

Dopo aver scoperto che Anica Maine è entrata a far parte dei ribelli che praticano sesso illegalmente, Michaela evita la cancellazione della memoria offrendosi volontaria per partecipare anche lei a questi stuzzicanti esperimenti erotici.

I Dottori Flynn Campbell e Bryce Davis sono subito attratti dalla bella bruna e la introducono all'istante nel mondo di quell'incredibile piacere attraverso una serie di incontri roventi. Non riuscendo più a farne a meno, Michaela è determinata a mantenere segreto il piacere che ha appena scoperto e gli uomini che glielo hanno fatto scoprire, anche se consapevole che, nel caso fossero scoperti, dovrebbero affrontare l'Eliminazione.

Passione Ardente

Con una certa insistenza sul volere consumare la propria relazione, il Detective Sky Kelley informa il suo fidanzato di volere aspettare. Ma lui la molla!

Umiliata e bisognosa di andare via, Sky accetta un pericoloso lavoro legato al mondo degli schiavi sessuali.

Quando il Detective Jim O'Brien scopre che la sua ex fidanzata si è offerta volontaria per quell'incarico, s'infuria. Lei è troppo inesperta per un lavoro tanto rischioso e non può fare a meno di seguirla.

Ma Jim scopre presto che Sky non è la solita damigella in pericolo, e glielo sta dimostrando attraverso stratagemmi carnali che fino ad adesso aveva soltanto immaginato...

Il Sogno di Jade

Nella terra della ricchezza e della fama, Kidnap Fantasies è la risposta
per un po' di divertimento.
Quando le due sorelle dell'ex sciatrice Jade le danno un questionario
della Kidnap Fantasies, lei è eccitata alla prospettiva di iniziare una
relazione senza legami con un bellissimo sconosciuto in grado di
soddisfare ongi suo desiderio più intimo. Nonostante sia consapevole
di essere troppo timida per inviarlo, descrive tutti i suoi sogni più
profondi.
Presto, il questionario scompare e l'uomo dei sogni di Jade appare nei
panni di un tuttofare che le regalerà un Natale indimenticabile.

Natale Con Chi Vuoi

Quando il club degli scambisti locale bandisce a scopo di beneficenza
una Notte Del Fetish Medico per la Vigilia di Natale, Roxie viene a
sapere che l'attraentissimo operaio Evan Johnston giocherà al dottore...
E a una fortunata signora verrà offerto un esame sessuale erotico,
insieme a uno scoppiettante ménage à trois.
Roxie desidera disperatamente essere quella paziente. Non c'è miglior
modo di conoscere intimamente l'uomo che le ha rubato il cuore, che
non saltare sul lettino ginecologico per la visita più eccitante della sua
vita.

Pressa Da Lui

Jan Springer

La tatuatrice Catalina Brown perde testa per lo sconosciuto che chiede un tatuaggio tentacolare sulla sua ... parte del corpo più sensibile. Normalmente, mescolare il lavoro con piacere non è la sua cosa, ma è una calamita sensuale a cui è immediatamente attratta, in particolare dopo aver sperimentato un high artistico perverso mentre tatua ogni pollice del suo succulento membro.

El mutaforma tentacular, Calder Croft cattura l'odore della donna quando passa per il porto turistico in California, e non può ignorare il modo in cui si scalda il suo sangue. Dopo averla incontrata, è sbalordito nello scoprire che Cat non ha idea che lei sia una mutaforma cha sta per entrare nel suo Cambio. Ci vuole tutto il suo

autocontrollo per evitare di prendere queñña sexy donna proprio sul
posto.

Calder deve dire a Cat la verità sulla sua eredità. Accetterà la sua
primogenitura come una mutaforma o soccomberà alla follia,
perdendo per sempre la possibilità di amare?

Jude Outlaw
Gli Amanti Fuorilegge 1

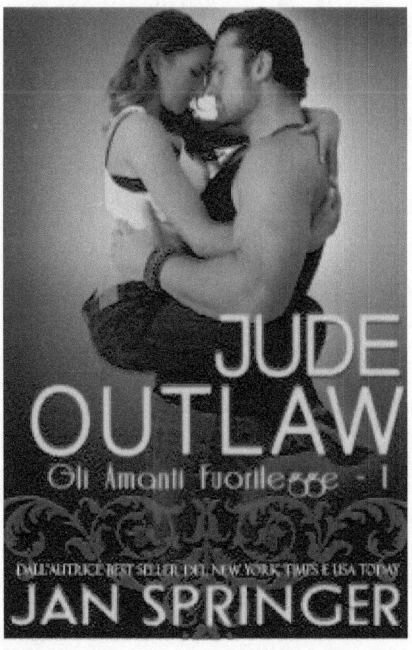

Un virus micidiale ha ucciso la maggioranza della popolazione
femminile del mondo.
Con la promulgazione della Legge Di Rivendicazione, i gruppi di
uomini hanno improvvisamente il diritto di reclamare una femmina
come loro proprietà carnale.

I Fratelli Outlaw sono di ritorno dalle Guerre del Terrore e hanno intenzione di dichiarare l'appropriazione delle loro donne... A qualsiasi costo.

Jude Outlaw

Gli Amanti Fuorilegge 1

Quando apprende che Jude sta tornando a casa dalle Guerre del Terrore, ed è pronto a reclamarla come sua proprietà in base alla nuova legge e con l'aiuto dei suoi quattro fratelli, Cate Callahan ruba la barca dei cinque e fugge in alto mare. Sfortunatamente, la sua corsa verso la libertà non dura a lungo.

Catturando rapidamente l'amata, Jude ravviva l'antica fiamma e seduce nuovamente Cate sino ad attirarla nel suo letto.

Ma Jude custodisce un segreto che può fargli perdere Cate per sempre

...

La Rivendicazione
Gli Amanti Fuorilegge 2

Un virus micidiale ha ucciso la maggioranza della popolazione femminile del mondo.
Con la promulgazione della Legge Di Rivendicazione, i gruppi di uomini hanno improvvisamente il diritto di reclamare una femmina come loro proprietà carnale.
I Fratelli Outlaw sono di ritorno dalle Guerre del Terrore e hanno intenzione di dichiarare l'appropriazione delle loro donne... A qualsiasi costo.

Cercando riparo dagli effetti della Legge di Rivendicazione, Callie Callahan si nasconde in una capanna abbandonata nei boschi del Maine e prova un autentico choc quando la sua ex fiamma la trova. Aveva sempre desiderato trovarsi tra le braccia di Luke. Assaporarlo.

Toccarlo. Accoglierlo fino in fondo dentro di sé. Che può fare una ragazza in quella situazione, se non sprofondare nelle delizie peccaminose che l'uomo le offre?
Luke si è finalmente riunito all'amore della sua vita. E sa che esiste solo un modo per mantenere Callie al sicuro e con lui per sempre. Lo farà con l'aiuto dei suoi tre fratelli e un vasto assortimento di giocattoli lussuriosi.
Ravvivando il calore tra di loro, sbriglia il lato sensuale di Callie in modi che la ragazza non avrebbe mai ritenuto possibile, sempre con l'obiettivo finale di presentarla agli Amanti Fuorilegge e alla Rivendicazione.

La vendetta di Colter
Gli Amanti Fuorilegge 3

Un virus micidiale ha ucciso la maggioranza della popolazione
femminile del mondo.
Con pochissime donne rimanenti sulla terra, viene ideata una nuova
legge. Con la promulgazione della Legge Di Rivendicazione, i gruppi di
uomini hanno il diritto di rivendicare una femmina come loro proprietà
carnale.
I Fratelli Outlaw sono di ritorno dalle Guerre del Terrore e hanno
intenzione di dichiarare l'appropriazione delle loro donne... A qualsiasi
costo.
La vendetta di Colter
Gli Amanti Fuorilegge 3

Quando reincontra la bellissima donna che gli ha spezzato il cuore durante le Guerre del Terrore, il dott. Colter Outlaw pensa solo alla vendetta. Catturatala e messala al guinzaglio, la seduce, la riempie di perversi desideri e contorti aneliti di un delizioso ménage a trois... O più. Del tutto deciso a spezzarle il cuore e piantarla in asso, Colter vede andare in fumo il proprio piano quando si sottopone ai piaceri carnali che Ashley gli dispensa con grande liberalità.

Colter le ha detto che l'ama. Le ha sussurrato promesse di redenzione dalla sua vita di schiava ma, quando lui scompare improvvisamente, la donna ne è devastata. Infettata da una forma del virus X che la mantiene continuamente eccitata, Ashley Blakely si reca al Pleasure Palace per implorare una cura per la sua malattia. Ma non si sarebbe mai aspettata di trovare lì l'amato Outlaw a rovinare i suoi piani. E nemmeno di dargli corpo e anima con così tanta facilità...

L'arrivo di Hero
Un Amore a Distanza di Anni Luce #1

Essere ferito e catturato, non era quello che Joe Hero si aspettava quando aveva firmato un contratto con la NASA. Ma un uomo sarebbe stato folle a non innamorarsi di una sensuale dottoressa cui era debitore.

Una folle notte di passione tra le braccia di uno sconosciuto proveniente da un altro pianeta, è abbastanza da convincere Annie che gli uomini non sono quelle bestie che ha sempre pensato.

Chi è questo sensuale uomo e perché lei lo accoglie nel suo letto ogni volta che ne ha la possibilità?

La Fuga Di Hero
Un Amore A Distanza Di Anni Luce #2

La Regina Jacey ha sempre desiderato provare l'ebrezza di stare con un uomo. Tuttavia, prenderne uno per il suo piacere è proibito. Quando uno straniero proveniente da un altro pianeta arriva nel suo mondo, stravolge tutte le sue convinzioni.

Essere catturato e costretto ad accoppiarsi con una bellissima Regina non è esattamente quello che Ben Hero si era aspettato quando aveva accettato di esplorare un nuovo pianeta per la NASA.

Scappare dovrebbe essere la sua priorità numero uno, ma tutto quello cui riesce a pensare è fare l'amore con Jacey. Quando scopre che anche lei è una prigioniera, il suo istinto protettio ha la meglio su di lui. Improvvisamente sono in fuga, incredibilmente eccitati e l'uno tra le braccia dell'altra.

Il Tradimento di Hero
Un Amore A Distanza Di Anni Luce #3

L'astronauta Buck Hero non si aspettava di essere catturato o di essere infettato dal veleno della passione quando accettò di esplorare un nuovo pianeta scoperto dalla NASA. Se non troverà presto una cura, morirà.

La fuggitiva Virgin, ha salvato un uomo infettato e ha bisogno di somministrare una cura piuttosto bollente- una maratona di sesso della durata di ventiquattro ore. Tuttavia, dovrà consegnare l'uomo ai suoi nemici in cambio della sua libertà. I suoi sentimenti per lo sconosciuto, comprometteranno il suo piano?

Il Bacio di Hero
Un Amore a Distanza di Anni Luce #4

Durante una missione di salvataggio alla ricerca dei suoi fratelli, la navicella dell'astronauta Piper Hero e delle sue sorelle precipita, schiantandosi su un pianeta da poco scoperto...

Dopo essere stata ferita e contaminata dall'acqua delle paludi, viene salvata da un sensuale sconosciuto che le fa perdere la testa.

Jarod Ellis ha rinunciato per sempre alle donne. Tuttavia, è affascinato da Piper Hero, una donna che giura di essere imparentata con gli uomini della terra a cui Jarod ha promesso la sua protezione.

Nonostante non si fidi di Piper, la donna risveglia in lui delle focose sensazioni che non aveva mai provato prima, nemmeno durante la sua vita da schiavo sessuale.

EROE Cercasi
Un Amore a Distanza di Anni Luce #5

Signorina perfettina cerca un uomo che ami passeggiare sotto la pioggia. Un uomo di casa, desideroso di una famiglia borghese perfetta. Requisiti sessuali: un amante gentile ma selvaggio. Deve essere sessualmente avventuroso e insegnarle a essere come lui. Deve essere romantico, gradire i giocattoli erotici ed essere interessato a un bondage leggero reciproco. È gradito il sesso a tre o più.

Questi sono i desideri espressi dalla curvilinea proprietaria di un
negozio di antichità, Jenna MacLean, quando insieme alla migliore
amica studia un'inserzione per la ricerca di un uomo, pensando che sia
solo un divertente passatempo in una serata tra sole ragazze.
Dopo anni di lontananza dalla sua graziosa e abbondante ex ragazza,
Sully è tornato in città. Quando scopre l'inserzione, sa di essere l'unico
uomo che può avverare tutte le scoppiettanti fantasie di Jenna. L'ha
sempre portata con sé nel cuore e ora la rivuole nel suo letto, ma non
percorrerà la via romantica tradizionale. Questa volta le proverà il suo
amore con l'aiuto del famoso Ménage Club, un Club per incontri
personali concepito appositamente per rimettere insieme coppie che si
sono allontanate, con l'aiuto di un terzo, e a volte di un quarto, in
camera da letto.

Eroi Intrappolati
Un Amore a Distanza di Anni Luce #6

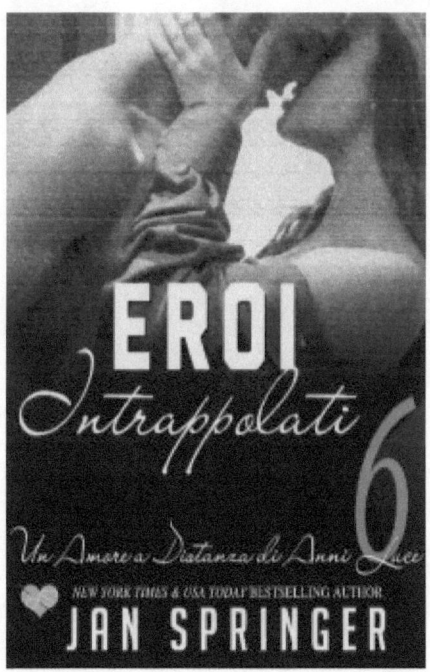

Mentre stanno cercando i loro fratelli sul pianeta Paradiso, le sorelle Hero si separano e trovano inaspettatamente l'amore.

Taylor e Kayla

Kayla Hero viene catturata dalla Allevatrici e incontra un maschio che attira subito la sua attenzione. Costretta a scappare con lui, la passione la travolge non appena diventa sua prigioniera.

Kayla è affetta dalla Febbre delle Paludi e Taylor sa che si divertirà a darla una cura!

Blackie e Kinley

Ferita e dispersa nella giungla, Kinley Hero è intimidita dall'uomo che le dà la caccia, soprattutto per il forte potere che ha su di lei.

Catturare la sua bella preda diventa l'obiettivo di Blackie, che non vede l'ora di sottometterla e farla diventare una schiava per I Fratelli della

Valle della Morte. Non appena le mette un collare, Kinley deve affrontare la sua indole di sottomessa.

Catalogo Jasmine Black Libri Italiani

~*~
Italiano

Sedotta Da Due Falegnami

Dopo aver ricevuto un buono regalo dalle sue tre amiche, Colleen Rue decide di ordinare una stravagante macchina del sesso dal sexy shop "The Sexy Wooden Toy", scoprendo tuttavia che i due muscolosi falegnami hanno molti servizi da offrirle, oltre il lavoro...

1

Presa Da Due Pompieri

Sesso A Tre

La pompiera Kendall Farell è sempre stata attratta dalla bellezza erotica delle lingue di fuoco calde che danzano all'interno degli edifici in fiamme.

Il suo feticismo pericoloso però potrebbe costarle il posto di lavoro se qualcuno lo scoprisse.

Quando viene colta sul fatto mentre sta flirtando con il fuoco, e dopo essere stata salvata da una morte certa, i suoi due colleghi uomini le chiederanno di essere pagati in un modo alquanto indecente...

---

1. https://janspringerauthor.files.wordpress.com/2019/10/takenbytwofirefighters_1_jb_italian.jpg

Sedotta Da Tre Motociclisti
Ménage Serie

2

Quando l'auto di Zoe Miller deicde di guastarsi a tarda notte e nel mezzo di una strada desolata, tre motociclisti dall'aspetto losco arrivano a salvarla... in tutti i modi possibili!

---

2. https://janspringerauthor.files.wordpress.com/2019/08/takenthreebikers_jb_italian-1.jpg

Pressa da due Personal Trainers ~ Sesso A Tre Serie

Quando la pole dancer Chelsea White scopre che il suo posto di lavoro è a rischio, decide di assumere un team estremo per tornare in forma...e quei ragazzi muscolosi la spingeranno ben oltre i suoi limiti.

Presa Da Due Dottori ~ Sesso A Tre Serie
Jasmine Black

4

La cameriera Jean Spelling visita il suo controverso medico una volta al mese per una tanto necessaria...cura dello stress. Ogni volta non vede l'ora di mettere i piedi nelle staffe e di godersi i trattamenti "anticonvenzionali" del malizioso dottor Ball. Questa volta però, quando arriva, rimarrà sorpresa di scoprire che non solo sarà sottoposta ad un esame "fisico" da ben due medici, ma che le prescriveranno anche la sua "tanto necessaria" cura proprio lì sul lettino!

---

4. https://janspringerauthor.files.wordpress.com/2018/09/takentwodoctors_jb_italian-1.jpg

Presa Da Due Miliardari
Sesso A Tre

5

Jill è sempre stata avvertita che la sua passione per il gioco d'azzardo prima o poi l'avrebbe messa nei guai. E adesso si trova davvero in guai seri.

Ha perso una partita a poker contro due miliardari molto sexy e adesso la vogliono come vincita.

Faranno a lei tutto ciò che desiderano...per un anno intero.

Mentre si trova lungo la strada verso la sua nuova vita, in Italia, a bordo di una limousine color crema, Franco e Gianni mostreranno esattamente a Jill cosa significa essere vinta da due miliardari.

5. https://jasmineblackauthor.files.wordpress.com/2018/04/takentwobillonaires_italian_jb.jpg

Sedotta Da Due Biker
Sesso A Tre
Jasmine Black

Quando la macchina di Zoe Miller si ferma di colpo a tarda notte in una strada deserta, deve ringraziare il suo ex ragazzo motociclista e il suo migliore amico Joel, che vanno a soccorrerla... in molti modi!

Sedotta Da Due Boss
Sesso A Tre

6

Bloccata nell'ascensore dell'azienda, la receptionist della Carnal Toys, Carina Chantilli, si ritrova alla mercé dei suoi due sexy boss, al centro di un piccante triangolo sessuale.

Altri modi per entrare in contatto:

Il sito Web di Jan Springer - http://janspringerauthor.wordpress.com/
italiano/
Il sito Web di Jasmine Black -
https://jasmineblackauthor.wordpress.com/translated/italian/
La newsletter di Jan - http://ymlp.com/xguembmugmgb
Instagram – http://www.instagram.com/janspringerauthor
Facebook - https://www.facebook.com/janspringereroticromance
Pinterest - http://www.pinterest.com/janspringer1/
Il blog di Jan - http://janspringerauthor.wordpress.com/blog-2/
Buona lettura!
jan springer & jasmine black

Don't miss out!

Visit the website below and you can sign up to receive emails whenever Jan Springer publishes a new book. There's no charge and no obligation.

https://books2read.com/r/B-A-WGQ-GHTMF

BOOKS 2 READ

Connecting independent readers to independent writers.

www.ingramcontent.com/pod-product-compliance
Lightning Source LLC
Chambersburg PA
CBHW020328260626
47156CB00004B/1423